庫

虹色と幸運

柴崎友香

筑摩書房

目次

虹色と幸運

三月の土曜日　晴れだけどまだ寒い

晴れていた。

各駅停車しか停まらない駅の、乗降客の数に比して少ない自動改札機を抜けた人々は、まず、ロータリーの上に広がる薄い水色の空から差す日光の眩しさに目を細めた。「けやき広場」と看板は出ているがイベントができるほどの広さはない駅前の場所には、欅が等間隔で四本並んでいた。そのなかでいちばん大きい木の下で、本田《ほんだ》かおりは、人を待っていた。

ごめん遅れます、というメールを再び確認して携帯を閉じ、顔を上げると、藤色の帽子をかぶった子どもたちが広場を横切っていくところだった。前後左右を四人の保育士に囲まれた子どもたちは二人ずつ手をつなぎ、見慣れない人が行き交う周囲を、珍しいような不安なような顔つきで落ち着きなく見上げていた。

今どきは男の保育士もいるんだな、と、本田かおりは、一団を見ながら思った。バラエティ番組で紹介されているのは見たことがあったが、本物を見るのは初めてで、そもそも長いあいだ保育園というものに縁がない生活を送っているので、ころころした子どもたちを取り囲む四人が全員とても若いことにも感心した。渋谷や原宿をうろうろしているようなつけまつげの女の子やてっぺんを立ててぎざぎざした髪型の男の子が、ジャージを着て歩いてるような感じだ。もしかしたら、わたしより十歳近く下かもしれない、とかおりは思う。

子どもたちの行列が進んでいった向こう側には、白い建物があった。中庭を囲んだコの字型の建物の一階にはマクドナルド、ツタヤ、マツモトキヨシ。二階の雑貨屋やパスタ屋も全部チェーン店で、真新しい建物の白くて簡素な直線を見れば、駅前再開発でおそらくこの一、二年のうちにできたのだとすぐにわかる。

コの字型の建物の二階には、スターバックスも入っていた。窓際のカウンター席は満席で、合計六人が駅のほうを向いて座っていた。そのうちの五人は、受験、あるいは資格試験の勉強をしていた。その五人全員が、参考書やノートを複数広げ、耳からイヤホンのコードが伸びているところまで同じなのが、かおりの立っているところからよく見えた。偉い、と単純にかおりは思った。みんなあんなに熱心に勉強していて、偉い。

いちばん端に座る一人だけが勉強中ではなかった。彼女はカウンターに肘をつき、ぼんやり外を眺めていた。一人はいるんだよね、ああいうタイプ、とかおりは彼女のなにをするでもない姿になぜか気をとられていた。

改札からは、相変わらず電車が来るたびに人が吐き出されていた。パチンコが当ったときのように、ざらざら出てきては散らばっていき、忘れた頃にまた出てくる。

水島珠子《みずしまたまこ》は、そうやって次の電車の到着によって吐き出された人たちの中にいた。改札を出て広い空を見上げ、空の薄い水色を春の色だと思った。ぼんやりした色だけど、晴れているのはいいことだ。まだ葉の出ていない欅の枝の影が茶色いタイル張りの歩道に模様を作っていた。珠子は、その先に立っている背の高い人のベージュのトレンチコートに目を留め、今シーズンもトレンチコートを買い逃した、と思った。三十一歳だし、そろそろああいうのがほしい。膝丈で、濃いめのベージュの。そのトレンチコートを着た人は、ずっとスターバックスを見上げていたが、急に珠子のほうを向いて手を振った。

珠子は、あと数メートルの距離を今更ながら走った。

「ごめん。一回家出てから携帯忘れたのに気がついて」

かおりは、いいよいいよ、と言いながら、学生の時もそのあとも珠子はこういうことがしょっちゅうあった、と思い出していた。一時間、二時間の大きな遅刻はしないけど、きっちり到着することはめったになかった。黄緑色のパンツに虹色のストールという目立つ色の組み合わせも、相変わらずだった。電話やメールはしていたが、会うのは三年ぶりだった。

「えーっと」

かおりは、鞄から折りたたんだ紙を出した。地図を読むのが苦手なので、今から訪ねる相手にできるだけわかりやすくと頼んで、地図を描いてスキャンしてメールで送ってもらってそれをプリントアウトして、と手間のかかった案内図だった。広げた図と、コの字型の駅前ビルの方角とを見比べているかおりに、珠子は遠慮がちに言った。

「あのさ、反対側じゃない?」

かおりは顔を上げ、珠子を見た。珠子は、もう一度かおりの手元の図を覗き込み、駅のほうを振り返って案内板を確かめてから、線路の向こう側を指さした。

「北口商店街だから、あっちだよ」

「え? あ、ああ、そっか」

二人は、線路沿いに少し戻ったところに見える踏切を目指して歩き始めた。

「前に来たときは、家のほうに行ったのね。それはこっち側で、この先」

かおりは言い訳しつつ指差したが、その方角も間違っていた。

サッカーのユニフォームを着た小学生たちとすれ違った。女の子が三人混じっていた。その光景についても、今どきだなあ、と、かおりは思ったが口にはしなかった。道路沿いに植えられた欅並木の細長い影が、かおりと珠子を通り過ぎていった。新宿行きの急行が走って行くのが見えた。遮断機が上がり、列をなしていた車が先頭から順に動き始めた。

珠子は、方向音痴って改善しないのかな、方向音痴の人は右や左がつかみにくいのかな、それとも目印にする点がちょっとずれているのだろうか、と特に今必要ではない連想をしながら歩いていた。

「ねえ、たまちゃん。子どものころ、保育園の、幼稚園でもいいんだけど、先生って何歳ぐらいだと思ってた？」

かおりが急に言ったので、珠子は何を聞かれているのかすぐにはわからなかった。

「さっき、保育園の子どもらしき行列が通って、保育士さんがすっごい若いなって思ったのね。あ、男の子もいたんだけど。わたしなんかより、全然年下で」

かおりは駅前広場を振り返って解説した。子どもたちも保育士たちも、とっくに通りの向こうへ姿を消していた。

「二十五歳」

　珠子が唐突かつ簡潔に答えたので、今度はかおりのほうが、え、と聞き返した。

「二十五歳だった。タケダ先生」

「記憶力いいねえ、たまちゃんて。わたし、幼稚園のことなんてほとんど覚えてないよ」

踏切の警報機が鳴り出した。甲高い音が響き渡り、下がってきた遮断機を気にしながら自転車がかおりと珠子を追い抜いていった。土曜日の昼間の急行列車には、立っている人も多かった。二人のすぐ後ろにいたおじいさんの犬が、電車に向かって吠えたてた。

北口商店街から枝分かれした小道の両側にも店がぽつぽつあり、そのいちばん奥がかおりが持ってきた図に家の形のイラストで示された雑貨店「Wonder Three」だった。

ドアを開けた途端に、春日井《かすがい》夏美《なつみ》の賑やかな声が響き渡った。

「うわー、ありがとー、ひさしぶりー、元気ー？　え、身長伸びた？　そんなわけないか、ほんとありがとね、うれしいよ、元気そうだよね」

「うん、元気」

珠子は笑いながら、頷いた。珠子の両腕をしっかりつかんだまま、夏美は途切れることなく言い続けた。

「そうかあ、よかった、会いたいなって思ってたんだ、これすごいかわいいね、どこで買ったの、渋谷？」

「表参道。でも三年ぐらい前だよ」

「いいな、わたしもう表参道とか全然行けないんだもん、あ、見たよ、占いページのイラスト。すごいね、わたし乙女座だから乙女座すごいかわいくて切り抜いちゃった」

かおりは、そのあいだに店内をゆっくり一周した。

一周、と言っても七坪ほどの細長い空間で、左右の壁沿いの棚と中央の長方形のテーブルだけの、簡素な構成の店だった。白いペンキを塗った壁に、白木の棚とテーブル。並べられた食器や布の類は、サンドベージュや生成りの地にくすんだ藍色や臙脂《えんじ》色が入る色構成。ナチュラルでスローライフな感じね、とかおりは分類した。

「ちゃんと店になったんだね」

かおりが言うと、夏美はやっと珠子から手を離して振り返った。生成りのワンピースに茶色のかぎ針編みのニットを重ね着していて、店に並ぶ商品の一部のような色と質感だった。ぽっちゃりして見えるのはいくらかは洋服のシルエットのせいだろう、とかおりは自分の中で勝手に気を遣ったが、実際に夏美の体重は増えていた。

「でしょでしょ、かなりがんばったよ、直樹《なおき》のお父さんとお母さんも手伝ってくれたし、このテーブルとあっちの棚はイケアで買ったんだ、よくない？」

店内を一周しながら、棚を指差し組み立ての様子を全身を使って再現してくれる夏美を、かおりは安心したような、ちょっとうらやましいような気持ちで見ていた。

夏美の夫である直樹の実家は、春日井デザインという内装関係の仕事が家業で、ここは十年前までその事務所だった。しばらくおばさん向けの婦人服店に貸してたんだけど去年の年末で空いたから使わせてもらって雑貨屋を始めるんだ、一人で細々とやるんだけどね、と電話で意気揚々と話していた夏美の声を、かおりは思い出していた。その後、携帯電話に店舗の画像が送られてきたが、そのときはまだ花柄の壁に妙にぴかぴかしたスチール製の洋服掛けがくっついた古くさい部屋に過ぎなかった。だから短期間でまったく違う場所になったことに、素直に感心した。

珠子は、かおりと反対回りに店内を見始めた。入り口を入ってすぐ左に並ぶ小花柄の収納ボックスは珠子の部屋にあるのと同じものだったので、思わず裏返して値段を確かめてしまった。

「壁塗りはお義父《とう》さんがやってくれて、本職だからさすがだよね。って、ペンキ塗りとかは仕事ではやらないらしいんだけど。こうしてみると、ちゃんとお店だよね。雑貨屋さんだよね」

夏美は自分で自分の言葉に満足げに頷いた。

「うん。あ、これ、開店祝い」

かおりが差しだした紙袋には、多肉植物の寄せ植えが入っていた。一週間前の夜、珠子と電話で相談して近所の花屋に注文しておいた。枯れると縁起が悪いのでいちばん丈夫なのがいい、という理由で決まった。

「ほんとに？　ありがとう。ちょっと待って、今、そこに置くから」

夏美は、サボテンやアガベの微妙な緑のグラデーションが盛られた鉢を取りだすと、透明のセロファンをアメリカ映画に出てくる子どもみたいに豪快に取り払い、店の奥のレジカウンターの上に飾った。

「日に当てたほうがいいよ」

と、かおりは言った。かおりも珠子も、繊細な植物では夏美はすぐに枯らしてしまうだろう、とお互い口に出さなくても了解していた。特に手間いらずの種類を選んだサボテンでも育て方をあとでメールしておいたほうがいいかもしれない、と目を見合わせた二人は同じようなことを考えていた。

通りからガラス越しに店内を窺っていた男の人が入ってきた。

「いらっしゃいませ。こんにちは」

夏美が、ファストフードの店員みたいな陽気な声をかけた。五十代ぐらいの、ニット帽にまだダウンジャケットを着込んだ男の人は店の雰囲気とはそぐわなかったが、無言のまま店内をゆっくり巡り始めたので、かおりと珠子は店のじゃまにならなそうな一画に移動した。夏美は笑顔を作ったまま、客の斜め後ろに張りついて話しかけようと構えていた。

店の前の狭い道を、運送会社のトラックが慎重に通った。「Wonder Three」とピンクと水色のチョークで書かれた黒板の看板を引っかけそうだったが、ぎりぎりで回避された。

本田かおりと春日井夏美は、女子高の三年のときに同じクラスになった。高校時代は特に仲がいいというわけでもなかったのだが、その後、本田かおりが進学した大学がたまたま春日井夏美の実家と同じ駅だったので、学校帰りに遊びに行くようになった。その大学の同じテキスタイル専攻にいた水島珠子は、学費を貯めるために一年間アルバイトをしたあとで入学したので一つ年下の同級生たちに少々気後れしていたところ、出席番号がすぐ前で最初に声をかけてくれた本田かおりと仲良くなり、一年生の秋ごろには春日井夏美の家にも同行するようになっていた。夏美は、当時まだ旧姓の田中《たなか》夏美で、高校を卒業してすぐに勤めた原宿のアジア雑貨店がオーナーの会社の経営不振により半年で閉店して、家事手伝い状態になっており、二人の大学の食堂にしょっちゅうごはんを食べに行くなどしていた。

あれが十年以上前なんて、と、珠子は、棚のリネンタオルを順番に広げて柄を確かめて畳むのを繰り返しながら、思った。大学があった駅は、ここの一つ向こうだった。都心を挟んで反対側の街に住んでいる珠子は、卒業以来この路線に乗ることは滅多になく、今日乗ったのがたぶん四、五年ぶりだった。新宿からずっと新型車両のドアの脇に立って外を眺めた。見通しのよい低い屋根の続く住宅地のあちこちに、四角い堅牢なマンションが壁のように出現し、いくつかの駅舎は新しくなって駅ビルが建っていた。すぐ近くに座っていた学生らしきカップルを見下ろし、この子たちはウチの大学の学生かも、と二人の会話の中に聞き覚えのある授業や先生や店の名前が出てこないかと耳を澄ませていたが、二人はテレビでよく見る若手芸人の話をしていた。

十年前ってどんな感じだったっけ、と珠子は、かおりと夏美を見た。夏美は、客のおじさんに声をかけるところだった。

「そのホーローのタッパー、すごく使いやすいんですよ。ふたを取ればオーブンもだいじょうぶですし」

精一杯の愛想を浮かべた夏美を、おじさんは一瞥《いちべつ》し、手に持っていた真っ白いホーロー容器を棚に戻した。

「知ってます」

「あ、そうなんですか、詳しいんですね、食器とかお好きなんですか」

夏美は笑顔を崩さずに続けた。後方では、かおりと珠子が成り行きを見守っていた。おじさんは棚に並ぶ鍋やカトラリーを無遠慮な目つきでひたすら見ながら聞いた。

「いつからやってるの、ここ」

なぜか責めるような口ぶりでおじさんは聞いた。

「今月の初めです。ちょうど今日で二週間になるんですよ」

「日曜日から？」

「えっ、日曜……、いえ日曜はお休みなので、土曜、土曜日です」

「土曜日。何時？」

「十……一時？」

「ああそう」

おじさんはそのまま夏美と目を合わせることもなく、店内を振り返ることもなく、出て行った。おじさんの背中と閉まりかけるドアに向かって、夏美は明るい声を投げかけた。

「また見にいらしてくださいね」

ガラスの向こうを商店街のほうへ背中を丸めて歩いていくおじさんの姿は、すぐに見えなくなった。

「近所の人かな」

「うん。見たことある」

「難しいねー、話しかけてほしくない人もいるし」

珠子は言い、ドアのすぐ近くのテーブルの手前に置かれた桜の造花や桜を象《かたど》ったキャンドルを触った。夏美は、桜のキャンドルを買ってくれないかと期待を寄せつつ、珠子の丸っこいパーツで構成された顔と虹色のストールを見比べ、たまちゃんてこういう感じ、と思った。

「たまちゃん、話しかけられたくない派だよね」

夏美の言葉は、かおりには意外だった。

「そう？　そうだっけ？」

かおりの切れ長の目と夏美の大きな目に見つめられて、珠子はどういう答えを返すのが最適なのか数秒考え、それから言った。

「時と場合によるかも」

客が来る合間に、お互いの近況や知り合いのその後を報告し合った。二件の離婚と一人が有名人とつき合っているらしいという噂など驚くようなこともいくつかあったが、ほとんどが予想の範囲内だった。三時間ちょっとの間に店に入ってきたお客は、女子中学生三人、夏美の主婦友だち二人、三十代と五十代の女性それぞれ一人で、売れた物はふた付きバスケット一つと木製の汽車のおもちゃ一つだった。

急ブレーキの音を立てて自転車が止まり、蛍光グリーンのウインドブレーカーを着た若い女が入ってきた。濃い化粧も細い三つ編みのエクステンションが何本も付いた髪もピンヒールのエナメルブーツも、目立つアイテムばかりが組み合わさった格好だった。

「なっちん、おはよー。売れた？　今日なんか売れた？」

彼女の早口とともに木の床をピンヒールが蹴る音が、店内に響いた。

「ああ、まあ」

夏美が一歩うしろに下がったのを、かおりも珠子も見逃さなかった。彼女は店の奥に立っていたかおりと珠子に気づいて、いっそう大きな声で言った。

「あ、お客さんか。ごめんなさあい。いらっしゃいませ。買ってくださいよ、いいの置いてますから」

「違う違う、友だち」

慌てて夏美が言った。一瞬きょとんとした表情になった彼女は、三人の顔を順番に見て、ばらばらなカッコだな、と思った。友だちって、似たようなカッコになりがちじゃん。

「なにつながり？」

「高校の同級生と、その友だち、かな」

「いいね、みんな友だちなんだね。ごゆっくり。ね、なっちん、ウチのバイト先の店長の奥さんの誕生日プレゼントなんか選んでって頼まれてんだけど、なっちんみたいなゆるい系なんだよ、写真見たけど店長に釣り合わないかわいい系で、お菓子作りが趣味的な。なんかない？」

彼女は、声そのものというより、全身から騒々しさを店内に充満させて、結局夏美が提案したリネンタオルを、買わないでバイト仲間と相談すると言って、再び騒々しい足音を響かせて出て行った。

彼女がまたがった蛍光ピンクの自転車が見えなくなってから、珠子が聞いた。

「友だち？」

外をまだ眺めていた夏美は振り返り、彼女が広げたままにしていったタオルを畳みはじめた。

「レナっていうんだけど、弟の……彼女」

「えー」

かおりと珠子は同時に声をあげた。

「いるよ、彼女ぐらい」

「だって、中学生だったし」

「野球部」

夏美の実家に遊びに行っていたころ遭遇した、部活帰りのいがぐり頭の男子中学生の姿を、かおりも珠子も鮮明に思い出した。

「週末はほとんどウチの実家にいるんだよね、あの子」

夏美の手が畳んだタオルは、きっちり端が揃って同じ大きさに収まっていった。かおりと珠子は、お互いに顔を見合わせ、無意識のうちに役割分担を決めたかのように質問をした。

「泊まりってこと？」

「お父さんとお母さんは？」

「それなりにうまくやってるっていうか……」

誰とでも変わらずすぐに親しく話せる夏美が珍しく言い淀んでいるので、なにかあるのはわかったが、言いたくないのなら、と思ってかおりも珠子も聞かなかった。

「楽しい子なんだけどね」

とだけ、夏美は付け加えた。

「シンくんは今なにやってるの」

「居酒屋でバイト。せっかく入った会社もすぐ辞めちゃってさー。あ、こんにちは、どうぞー」

ウォーキングの途中かと思われる、上下ともにしゃかしゃかした素材の服を着てタオルを首に巻いた中年の女の人が、颯爽《さっそう》とした足取りで入ってきた。かおりと珠子はまた店の奥に移動し、角の台に置かれたカーテンや壁紙のカタログをめくり始めた。様々な色と柄の布の切れ端が並んだカタログは、テキスタイルを専攻していたかおりと珠子には学生時代を思い起こさせる物体で、特に卒業以来デザインとも布ともまったく関係のない仕事をしているかおりには、学生時代からの遠さを実感させるものでもあった。夏美の夫の実家「春日井デザイン」に取り次ぐために置いてあるようだった。

ききーっ、と再び自転車の急ブレーキの音が響いた。レナが自転車に乗ったままドアを開け、

「これ、まじでうまいから。また来てね、なっちんの友だちさん」

と白い紙袋を差しだした。ドアのいちばん近くに立っていた夏美が受け取った。中身は、商店街で最近人気らしいパン屋のラスクだった。

夕方の五時半過ぎに、夏美の夫の直樹と夏美の母が、夏美の子どもたち三人を保育園から連れて店にやってきた。子どもは上から五歳女児、三歳女児、十か月男児。名前は、あさみ、みなみ、太郎《たろう》、だった。かおりも珠子も、直樹とあさみに会うのは四年ぶり、みなみと太郎は初対面だった。より正確には、前に会ったとき、夏美の丸く

膨らんだおなかの中に入っていたのが、みなみだった。

かおりは、藤色の帽子を被った次女・みなみを見て、あ、と思った。駅前で会った子どもたち。

「そっくりー」

「似てるー」

かおりと珠子は繰り返した。子どもたちは三人とも、くっきりした顔の直樹によく似ていた。濃くてまっすぐな眉が、同じ形だった。

「こんなに似るものなんだねえ。遺伝子って、すごい」

「もうちょっとわたしに似てもいいと思うんだけど、パパの遺伝子が強いみたいなんだよね」

直樹が抱いていた長男・太郎を受け取って揺らしながら、夏美は笑った。長女・あさみと次女・みなみが聞いたことのあるようなないような歌を歌いながら店内をぐるぐる回り、一気に賑やかになった。車を近くのコインパーキングに停めて戻ってきた夏美の母が、甲高い声をあげながら入ってきた。

「あら、あらあらあら、誰かと思ったわよ。何年ぶりかしら、元気？　どうしてたの？　ちょっと、お友だち来るならちゃんと言いなさいよ、夏美」

「言った。昨日も、一週間前も言ったよ」

夏美は急にぶっきらぼうな言い方になって、太郎をかばうように背中を向けた。長女・あさみが、頭の上の母と祖母を見上げてしばらく考えているらしき表情をしたあと、

「おかあさんもおばあちゃんも、人の話聞かないとだめなんだよ」

と言った。

遺伝というのは顔かたちだけじゃないのだと、かおりも珠子も実感した。笑ったのは直樹だけだった。

夏美はレジカウンターの後ろのカーテンに隠れ、授乳を始めた。あさみはかおりを捕まえて、保育園で今日あったことを話し始めた。あさみだけが、みなみと太郎とは別の保育園に行っていて、様子を説明する義務があると思っているらしかった。

みなみは、自分の好きな明るい色の服を着ている珠子に狙いを定めた。

「これ、見て」

みなみが、棚の下の段を指差したので、珠子はその前にしゃがんだ。みなみの小さな指は、フェルトの髪飾りに向かって伸びていた。

「みなみ、これプレゼントしてもらう」

「そうなの。おかあさんに？」

「ちがう。ぶっちさん。だれ？」

「ぶっちさん」

「ひみつ」

みなみは、とても愛らしく笑った。湧き水みたいな自然な笑顔、と珠子は思ったが、子どもに対処するのは苦手なので、会話をどのように進めればいいのか戸惑った。しかし、周りの誰も珠子の困惑には気づいてくれなかったので、そのあとはひたすらみなみの言うことを繰り返した。

「ひみつなのね」

「ピンク、好き？」

「ピンク、好きだよ」

手が暇だと感じた夏美の母は、あさみの三つ編みを強引に直し始め、動きたいあさみの頭を押さえながら、かおりに話しかけた。

「かおりちゃん、ずっとお勤め続いてるんでしょ、もう何年」

「八年です」

「えらいわねー、ウチのはほんとにもう半年以上続いたことないんだから、あれやりたいこれやりたいって、この店もだいじょうぶなんだか。まあ家庭がもってるだけでも良しとしないとね」

「そうですよ。子ども三人も育てて、ほんとすごいなって」

一通りかおりと話し、あさみの三つ編みも結んだ夏美の母は、今度は珠子に話しかけた。

「たまちゃん、イラスト見たわよ。ご活躍で。切り抜いて近所の人にも見せたんだけど、みんなすごいわねって言ってたわよ。夢をかなえたって立派なことよね。好きなことを仕事にできるなんて最高じゃない。ねえ」

適当に頷きながら、珠子は、まだ明るい、とガラスの向こうに気を取られていた。春分の日はもうすぐだった。いつのまにこんなに日が暮れるのが遅くなっていたのか、いつも随分経ってから気づく。冬から春になるのをもう三十回も体験してるのにな、と思った。すぐそばでは、これから初めて春の訪れを迎えようとしている子どもが、夏美に抱かれて眠りに落ちようとしていた。

かおりが家に帰ったときには、九時を過ぎていた。ドアを開けると、暗かった。そのまま部屋に上がろうとして、柔らかい塊につまずいた。

「うわあ、びっくりするやん」

足下で鼻が詰まったような声があがった。手探りで壁のスイッチを押すと、明るくなった廊下に準之助《じゅんのすけ》が転がっていた。

「どっちがよ。なんで廊下で寝るの」

「いやあもう眠たすぎて、記憶が……」

頭を持ち上げかけた準之助は、再びフローリングの上に俯《うつぶ》せに万歳をした体勢のまま動きが止まった。

「だめだって、冷たいじゃない、そこ」

かおりは準之助のパーカのフードを引っ張った。首を絞められた格好になった準之助は、咳き込んでやっと完全に目を覚ました。

「うー」

頭を掻きむしりながらなんとか壁にもたれて座った準之助はまだスニーカーを履いたままで、自分でもやっとそのことを思い出してのそのそと脱ぎ始めた。来月の公演の稽古から明け方帰ってきて風呂に入っただけでまたすぐにバイトに出かけていたから仕方ない、とかおりは準之助が脱いだスニーカーを揃えてやった。いつもなら、ちゃんと揃えてよ、と一応は注意する。

かおりはリビングに入って荷物を置くと、テレビとHDDレコーダーの電源を入れ、録画ができているか確認した。今日はケーブルテレビのドキュメンタリーチャンネルで楽しみにしている外科手術の番組があった。画面に表示されたタイトルを選ぶと、見慣れたタイトルロールが流れたので安心した。エメラルドグリーンの手術着姿のアメリカ人医師が今回の脳外科手術の解説をし始めた。

「かおりちゃん、楽しかった?」

振り返ると、準之助がテーブルの前の椅子に座って大あくびをしていた。

「今度、おれも連れてってえや」

と言って、再び大きいあくびをしたので、奥歯に詰められた金属まではっきり見えた。かおりは再生を停止した。準之助は血に弱かった。ニュース番組にチャンネルを合わせてから、かおりは、フローリングの溝の跡がついた準之助の頬をじっと見つめた。

「その友だちの弟が、準之助と同い年なの」

準之助の裾のすり切れたジーンズから出ている足は裸足だった。脱いだ靴下が後方に転がっている。何度注意をしても無駄なので、一緒に住み始めて二か月であきらめた。

「遊びに行ってたときは、わたし大学生だったんだけど、その弟は中学生だったんだよね」

隣の部屋から子どもが泣く声が聞こえてきた。兄弟げんかが最近多い。

かおりがそのままだまって自分の顔を見つめているので、準之助はかゆくもない首の後ろを掻きながら聞いた。

「なんや？　久々にジェネレーションギャップとかそういうやつ？」

さらにしばらく準之助の顔をじっくり観察してから、かおりは答えた。

「そうでもないな。準之助が中学生のときを見たことないし」

夏美の弟と準之助は他人だし、弟とあの派手な女の子と夏美と、わたしと準之助と、どこにもなんの関係もない。準之助はちょっと笑って、立ち上がり冷蔵庫を開けて中を確かめてから、聞いた。

「お土産ないん？」

開けっ放しの冷蔵庫から流れてくる冷気を感じ、閉めてから話して、と言おうとしたけどそれも面倒に思った。それから、お土産なんかないよ、と言いかけて、鞄の隣のレナにもらった白い紙袋を思い出した。

紙袋の中から透明の袋を取り出すと、ラスクの表面でグラニュー糖の結晶が光っていた。

「あ、あるある」

「お茶淹《い》れて。ほうじ茶ね」

「はいよ」

準之助はもう一度形だけのあくびをして、浄水器からやかんに水を入れた。水の音がステンレスに反響して楽器みたいに聞こえた。

珠子が地元の駅に着いたときには、十時を過ぎていた。

電車を降り、高架下の薄暗い自転車置き場から自転車を出した。幹線道路沿いに五分ほど自転車で行くと、公営住宅の古い団地が並んでいた。その一画の桜並木に囲まれた場所が、珠子が通っていた保育園だった。

タケダ先生は、ある日突然交通事故で死んでしまった。朝、保育園に行くと他の先生が抱き合って泣いていた。珠子は、なにか重大なことがあったことも、タケダ先生が死んだということもわかったが、死んだということがどういうことかはわからなかった。さくら組の全員でバスに乗ってお葬式に行った。いつもと違う黒い服を着た他の先生たちが顔を伏せてもたれ合っていた。まだ二十五歳なのに、と誰かが言ったのが、はっきりと珠子の心に刻まれた。だけど、タケダ先生は二十五歳だった、という事実として固定されていただけで、そのことについてなにか実感したり考えたりしたことはなかったんだな、と塀の向こうに見えるブランコの支柱を見やりながら珠子は思った。

タケダ先生がとても若かったことも、タケダ先生の二十五歳を自分がとうに追い越していたことも、今日初めて気がついた。

幹線道路から右に曲がり、シャッターが閉まった商店街を自転車で抜けた。夜だから閉まっているわけではなくて昼間でも半分はシャッターのままだった。夏美の店みたいなのはウチの近所じゃあむりだな、と思いながら、ぽつりぽつりと続く街灯の白くて弱々しい光を見上げた。一応、商店街の名前の入った旗がぶら下がっていた。

玄関の戸の向こうで部屋の明かりがついているのが、模様入りのガラス越しに見えた。青白い光をうっすらと浴びながら鍵を開け、珠子は自転車を狭い玄関に無理に入れた。玄関に入れるために、乗りにくくて好きではない小型の折りたたみ式自転車にしている。前の自転車もさらにその前のも、家の前に置いていて盗られた。

部屋は明るかったが、だれもいなかった。入る前から、珠子にはわかっていた。部屋の真ん中に、破られた雑誌が散乱していた。

面倒だな、と思ったので、母親が帰ってくるまでに寝ようと思った。仕事は明日まとめてやれば間に合うだろう。急な階段を、わざと犬みたいに四つんばいで駆け上がった。

そのころ、夏美とその家族は全員深い眠りの中で夢を見ていた。

四月の火曜日　風がぬるい

新学期だから昼休みには学務課は忙しく、本田かおりは、なかなか休憩に出られなかった。壁の高いところに取り付けられた、くっきりした文字盤の教室に必ずある時計と、カウンターの向こうの学生の行列の長さを見比べ、今日の昼休みがまだ遠いことをかおりは思い知った。かおりは四月が嫌いだった。忙しいし、電車も食堂も学生がいるところはどこも込んでいるし、仕事もはかどらないし。

「あの、本田さん、あのー、今って聞いちゃってだいじょうぶですか?」

机の斜め前に立つ灰色のスーツが、視界の右に入っている。顔を上げようかどうしようか、一瞬迷う。立っているのが、松本竜馬《まつもとりょうま》なのはわかっていた。四月から同じ部署に配属された、二十三歳。

どうして最初から質問内容を言わないんだろう、回りくどくお伺いを立てなくたって結局わたしが答えないと仕事進まないんだから、と苛々しつつ、かおりはパソコンの画面から視線を上げた。

「なんでしょう?」

数字の残像がちらちらする中に、松本竜馬の屈託のない笑顔があった。大量の冊子を抱えていた。

「これ、編入者説明会の資料なんですけど、一旦ここに置いといたほうがいいですか、それとももう会場に持っていったほうがいいですか?」

どっちでもいいし、現物持って来ないで先に聞いてよ、と言いそうになったが、一度呼吸を整えてから答えた。

「うしろの棚かどっかに置いて、江崎《えざき》さんの手伝いしてくれるかな」

言ってしまってから、カウンターで学生の対応に追われている江崎さんの猫背に目をやり、かえって足引っ張るかも、と不安を覚えた。松本竜馬は、はい、わかりました、と元気よく返事して資料やら提出書類やらが積み上げられて狭くなっている机と机の隙間を移動していった。電話の呼び出し音が響いた。並びながらもしゃべり続ける学生たちの声と混じり合って、かおりのキーボードを打つリズムが乱れた。

「邪魔ー、って思ったでしょ」

隣の席から、横尾《よこお》ちゃんが体を傾けて囁いてきた。

「本田さん、偉いですよね。わたしだったら、うるさいとか言っちゃいそう」

　横尾ちゃんはマウスをかちかち押す手を止めないで、うしろをちらっと振り返った。横尾ちゃんの、顔に比べて大きすぎる黒縁の眼鏡に、蛍光灯が反射して見えた。

　かおりは、マグカップの底のほうの少しだけ残っていたコーヒーを飲もうとしたが、飲むほどの量ではなかった。

「文句言ったほうが手間が増えるからね」

「そう思えるのがオトナなんですよ。わたしも最初あんなでした？　違いますよね」

「うん、違う」

　かおりの三年後に入ってきた横尾ちゃんは、最初から要領がよかったし、どことなく疲れた雰囲気が漂っていて、新人らしくなかった。そういう意味では、横尾ちゃん以来四年ぶりに配属された松本竜馬は、フレッシュと評価することもできるかもしれない。

　履修関係の手続きは今ではほとんどが学生用のポータルサイトでできるようになっているのだが、わからないとか間違えたとか言ってくる人や、直接人に聞かないと気がすまないタイプの人がいる。使える道具は使ってよ、とかおりは思う。かおりは実家に帰る新幹線の切符を買うときに、絶対自動販売機を使う。そのほうが空いているし、みどりの窓口で長蛇の列の後ろにつく人の気持ちがわからない。皆そんなにややこしい注文がある切符を買うんだろうか、と不思議になる。かといって課長みたいに、目の前に座っているのにちょっとした用件をわざわざメールで送られるのも、わからないことの一つだが。

「竜馬って、完全に名前負けですよね」

横尾ちゃんがまた囁いた。かおりは無言で頷いた。なんで子どもにそんな名前をつけるのか、理解できないと思った。

「もう、この子とかも、美恋花《みれか》って。漢字の説明するとき言いにくくないかな」

横尾ちゃんは、モニター画面に表示されている新入生の名前を指差した。学生の名前がどんどん変わった漢字や読み方になって、それが入力ミスや照合の手間を増やしている。数年前まではおもしろすぎる名前を見つけると同僚と話題にしていたが、今では多少の名前では驚かないしいちいち言っている暇がないので、興味もなくなった。最近の子どもはほとんどが読めないような名前だというから、毎年少しずつ面倒が増えそうだなと思った。システムの性能が上がるのを期待するしかない。そう考えると、先月会った夏美の子どもは、あさみ、みなみ、太郎。なんていい名前なんだろう、と思った。きっとこれから試験や書類の記入のたびに、ちょっとずつ得をして、出会った人々にもささやかな安堵を提供するに違いない。

「本田さん」

振り返ると、松本竜馬が妙に白くて並びの良い歯を見せて微笑んでいた。

「仕事してる女の人の姿って、かっこいいですよね」

かおりは、ありがと、と短く返した。隣で横尾ちゃんが笑いをこらえているのがわかった。課長の席の電話が鳴って、かおりはキーを打ち間違えた。

かおりがやっと外へ出たのは、午後二時前だった。二、三人ずつ交代で時間をずらして短めの昼休みになった。校舎を出て、キャンパスの真ん中を貫く広い道を歩いた。大学はものすごく広いわけでもないが狭いわけでもなく、いちばん奥の食堂のある建物まで行って帰ってくるとそれなりに時間がかかる。今は授業がある時間なので、外を歩いているのは新入生を捕まえようとしているサークルの子たちか、まだ物珍しそうに学校内を見て歩く新入生がほとんどだった。新入生が年々子どもっぽく見えるのは、最近の子がだんだん幼くなっているからなのか、自分が年を取っていっているからなのか、と、この季節になると毎年思う。たぶん両方だと思う。夏にテレビで甲子園の中継を見かけても、選手がみんな子どもに見えるようになった。自分が小中学生のころは、高校野球の選手なんて遠い存在の「お兄さん」に思えたのに。

図書館の前を通って、奥の校舎とのあいだにある広場のベンチに座って、作ってきたお弁当を広げた。広場を囲むように並ぶ桜も欅もすっかり緑の葉がふさふさと生えていて、今日みたいな曇りの日には木陰は薄暗いほどだった。季節が過ぎるのってほんとに早い、とかおりは桜の梢を見上げ、熱いお茶の入った魔法瓶を開けた。

図書館から、横尾ちゃんが駆けだしていくのが見えた。先に昼休みを取ったのでもう戻る時間だった。先の丸っこい大きめの靴でばたばた走っていく横尾ちゃんは、ずり落ちそうな眼鏡を片手で押さえ、もう片方の手には本を何冊か抱えていた。横尾ちゃんはファンタジーが好きで、この総合図書館だけでなく、英文科の図書室にまで探しに行っている。原書を読むために英語も勉強しているらしい。だらだら歩く学生たちのあいだに消えていく横尾ちゃんのうしろ姿を見送りながら、そこまで好きなことがあるって羨ましい、とかおりは思った。

早く連休になればいいのに、と思った。連休明けに学生の履修科目が確定すれば仕事も一段落するし、そのころにはもう朝から真面目に登校してくる学生もだいぶん減るはずだから。

広場では、新入生の女の子に、ホストみたいな髪型の上級生が声をかけていた。

「きみたちほんとに一年生？　オトナっぽくない？」

「老けてるってことですかー？　やだー」

コントみたいな会話が交わされるのにうんざりしつつ、準之助と最初に会ったのもこの場所のこのベンチで、あのときは近所で買ってきたパンを食べていた、とかおりは思い出していた。

そのときも一人で座って黒糖蒸しパンにかぶりつきながら、ふざけ合っている学生を眺めていたら、そのうちの一人が近づいてきて、チラシを渡された。劇団やってるんです、見に来てください。明らかに関西の人の発音だった。かおりは、目の前の彼のグレーのスウェットパンツの膝に穴があいているのを見てから、もう一度顔を確認した。ぼさぼさの短い髪、丸い輪郭に丸い目。

「ああ」

曖昧に返事したかおりに、友人らしい男の子に腕を引っ張られながらも彼はたたみかけた。

「興味あります？　ありますよね？　ほな来てください。時間ないですか？　ないこともない？　ほんなら来るんですよね？　絶対ですよ。約束しましたよ。絶対」

もう一人の男の子が、スイマセン、こいつうざいでしょ、と言いながら彼を引きずっていった。うしろにいた女の子たちが笑っていた。

二週間後、かおりは一人でそのチラシに書いてあった場所まで行った。初めて降りる小さな駅だった。劇場は駅のすぐそばのビルの地下だった。教室より狭いスペースに階段状にベンチが並ぶだけの場所で、背の高いかおりは背中や腰が痛くなりながらドアの横の席で一時間半を耐えた。戦隊ヒーローの中身のアルバイトたちが実はそれぞれにトラウマを抱えた探偵団という話にショートコントが織り込まれて笑いどころはわかりやすかったので、演劇に興味のないかおりにもそれなりに楽しめた。チラシをくれた男子学生は、ミドレンジャーだった。挨拶するつもりもなかったのでいちばん先に外に出てまっすぐ駅に向かったら、改札のところで腕をつかまれた。振り返ると、彼が立っていた。ほんまに来てくれたんや、ありがとう。そのときかおりは二十七歳で、準之助は二十二歳だった。つきあい始めたのはそれから一年後だった。

かおりは、職場ではいちばんよく話す横尾ちゃんにも、いっしょに住んでいる相手が五つ下だとは言ったがここの学生だったことは黙っていた。別に咎《とが》められることとも思わないが、かおりにとってはこの学校は職場だからだった。職場ではきっちり仕事をする、というのが、特に希望したわけではない職業についたかおりの、どうしても守りたい境界線みたいなものだった。

ベンチに置いた携帯電話のメール着信の緑色のライトが光っているのに気づいた。開いてみると、大学の同級生から個展のお知らせが来ていた。こうしてメールをやりとりするだけで、もう何年も会っていない友だちだった。たぶん行かないだろうな、と思っていったん電話を閉じてから、思い直した。それから、珠子と夏美に個展のことを知らせるメールを送信した。

席についてようやく仕事のペースも上がり始めたかおりのところへ、昼休みを終えた松本竜馬がまたやってきた。

「さっき、図書館の前で一人でお弁当食べてましたよね。あの場所、穴場ですね」

笑顔を向ける竜馬に、なんで笑ってるのか全然わからない、とかおりは思った。

かおりから届いたメールが枕元の携帯電話を鳴らし、水島珠子は目を覚ました。

意識がはっきりした途端、首が痛い、と思った。体の向きを変えると肩も背中も別の物質でできているんじゃないかと思えるほどにこわばっていた。目を開けた先には、自分の机が見えた。開いたままの雑誌のページが垂れ下がり、緑色のペンが転がり落ちるぎりぎりのところで留まっている。机の下の畳にもファックスの紙、丸めたティッシュが複数、クリップが散らばっていた。

携帯電話を開き、時間を確かめるともう午後三時近くになっていた。今朝、珠子が眠ったのは九時ごろだった。朝八時まで仕事をしていた。もともと依頼が来たときからぎりぎりの仕事になりそうだとは言われていた。小説の挿絵だったのだが、その原稿が届くのが印刷に間に合うかどうか綱渡りのスケジュールらしかった。必ずしも読んでから描かなくてはいけないわけではなく、編集者から「春がテーマなので、桜かなにか自由に描いちゃっていいですから」と言われたもののあまりにもアバウトなので、四日前にやっと小説に出てくるキーワードを聞きだしてもらって一度描き上げた。しかし、昨日になってできあがった原稿とどうしても矛盾すると連絡があって、描き直しが決まった。それが夜の九時で、とにかく明日の朝までにほしいと言われ、しかも他の仕事もあったので、朝八時までかかったのだった。

珠子は、固まった体を無理に動かしてなんとか布団を抜け出した。本棚で半分隠れた窓には、もう西日が差しかけていた。狭い路地に面した窓に日が差すのはこの午後の一、二時間だけだった。眩しくて、ぎゅっと目を閉じた。目の周りが痛み、孫悟空が頭を締め付けられるあたりがぼんやりする。やっぱり徹夜はやめようと決意しながら、珠子は急な階段を下りた。

台所の前のテーブルには、豚肉の塊が載っていた。三キロぐらいはありそうだった。ピンク色の柔らかそうな物体から染み出た赤い血が、ビニール袋に溜まっていた。どうしたいんだろう。スウェット姿で台所に突っ立ったまま、珠子はまだしゃんと動いていない頭で考えようとした。蒸し豚？　角煮？　それともバーベキューにでも行くのか。

とりあえず、やかんに水を入れてコンロにかけた。戸棚を開けて、どのお茶にしようかちょっと迷って、先週会ったファッション誌の編集者にもらったマリアージュ・フレールの紅茶の缶を開けた。甘い、いい匂いがした。お湯が沸くまでのあいだ、とりあえず椅子に座った。二度、母親に電話をかけてみたが出なかった。留守電は入れても聞かないし、メールもできないことはないが返事は期待できなかった。この家には珠子と母親しかいない。見知らぬ人が勝手に置いていったのでない限り、豚肉は母の持ち物だった。仕方なく、散らかった狭い台所で豚肉を眺めた。豚肉の塊をリアルに描いてください、という依頼がいつかあるかもしれないから写真でも撮っておこうか、と思った。携帯電話のカメラで撮影してみた。小さい画面に収まってしまうと、今目の前でテーブルの真ん中に鎮座している肉の量感がなくなっちゃうな、と残念に思った。何に使うのかは保留するにしても、とにかく今、冷蔵庫に入れたほうがいいのかどうかが問題だった。すぐ傷むような気温でもないが、出しっぱなしはやはり気になる。

珠子は、結論が出ないまま、お湯が沸いたので茶葉の入ったポットに注いだ。強い香りが、年季の入った壁や木の柱にまで染み込んでいくように感じた。

台所の小窓の向こうを黒い影が横切るのが見え、ピンポーン、とチャイムが鳴ると同時に、

「たまちゃーん」

と言うのが聞こえた。はいはーい、と珠子は台所のすぐ横の玄関の引き戸を開けた。

玄関に入ってきた光絵《みつえ》は、珠子の顔を見るなり、

「なに？　ぼろぼろじゃん」

と言った。珠子は自分が寝起きのままだったことを思い出したが、相手が光絵だとわかっていたので気にならなかったんだ、と言い返した。珠子の家は古い作りなので玄関は広めだが、自転車も無理に入れている上に、珠子と母親の靴が何足も出しっぱなしで埋まっていた。その靴たちのあいだを飛び石を踏むようにして、光絵はお邪魔しますとも言わずに段差を上がって台所に入ってきた。

「ダメだよ、たまちゃん彼氏もいないんだから、いつでも誰でも迎えていいようにしとかなきゃ。……なにこれ」

「豚肉」

「見たらわかるって。角煮にするの？　烏龍茶入れたらいいらしいよ。あ、これ、バウムクーヘンもらったから持ってきたんだ。食べようよ」

光絵はテーブルの上に、ショッキングピンクに黒いロゴが入った紙袋を置いた。昨日送られてきた雑誌に載ってたやつ、と珠子は思い出した。その次の号に、今朝描き上げたイラストが載る。

「ちょうどよかった。お茶飲む？」

「あー、わたしこういう匂い系だめなんだってば。忘れてた？　ほうじ茶ない？　ほうじ茶」

近所に住む光絵は、子どものころからさっきとまったく同じように呼び鈴を鳴らすと同時に「たまちゃーん」と叫んで珠子を迎えに来た。小学校中学校の、珠子が何度か学校に行けなくなった時期もまったく変わらず迎えに来たり遊びに来たりした。高校は別だったし、高校を卒業してからは光絵は別の街で一人暮らしと二人暮らしをしていたからたまにしか会わなかったが、半年前、光絵が離婚して実家に戻ってきてからは、十数年ぶりに「たまちゃーん」の声を聞くことになった。

「この肉、冷蔵庫に入れたほうがいいんじゃない？　たまちゃん、なんでも出しっぱなしだよね」

「そうだね」

珠子はいいきっかけができたと思って、冷蔵庫を開けた。乱雑にレイアウトされた冷蔵庫の中身を無理やり除けて作った空間に豚肉の塊を突っ込んだ。庫内の冷気で、やっとほんとうに目が覚めた気がした。

ほうじ茶を淹れると、光絵は珠子の予想の三倍くらい喜んだ。

「ほうじ茶は最高だな。仕事だったの？」

「朝の八時までやってた」

「大変なんだねー。わたし絶対無理。うーん、まあまあだな、このバウム。こないだのほうがおいしくなかった？　ホワイトチョコがかかってたやつ」

光絵はあっという間にバウムクーヘンの輪っかの三分の一を食べてしまった。

「たまちゃん、仕事、まだあるの？」

「今日は、まあべつにだいじょうぶ」

「じゃ、買い物いかない？　今日、詰め放題の日なんだよ」

それぞれの自転車に乗って目当てのスーパーまで十五分も走った。

黄色いテントが目立つスーパーマーケットは、段ボール箱をそのまま積み上げて商品が陳列してあり、商品の分類も適当のようで、珠子は買おうと思ったカロリー半分のマヨネーズの特売品がなかなか見つからなくて探した。詰め放題コーナーは店頭にあった。時間が遅いので人も少なかったが、商品も残り物という感じだった。だけど光絵は意気揚々と、その小さいじゃがいもや不揃いなにんじんたちを、テレビの特集でやっているみたいにビニール袋を手で引っ張って伸ばしてから詰め込んでいった。いつのまにそんな技を身につけたのか、と珠子は軽く驚いた。その向かいで黙々と詰め込み作業をするおばさんの袋に、互い違いに向けられたにんじんがパズルのように収まっていくのを、珠子は感心して見ていた。

前籠に、じゃがいもとにんじんと玉ねぎがそれぞれぎちぎちに詰まったビニール袋を載せ、自転車を押しながら並んで歩いた。光絵は満足そうだった。

「こういうのも、貧乏くさいからやめろとか言うやつだったんだよね、元ダンナって」

橋を渡っているとき、光絵が言った。

「成金はだめだね。つまんないことにこだわってさ」

出戻ってくる前に光絵がこういう詰め放題に喜び勇んで参加していた記憶は全くなかったので、離婚した相手に対する腹いせみたいなものかもしれない、と珠子は思った。光絵の夫だった男は、ハワイでの挙式の写真で見ただけだったし、新居に遊びに行ったこともなかった。

荷物が多いせいもあって自転車を押したままだらだら歩いて隣の駅の前まで来たとき、珠子は、道路の向こう側を歩いていく母親の姿に気づいた。母は、珠子が先週買った真っ赤なキルティングのパーカを勝手に着ていた。ぼんやりと考えごとをしているふうに歩いていたから人にぶつからないか気になって目で追ったが、横断歩道の手前で同年配の女の人に呼び止められて立ち話をし始めたので、まあいいかと思った。珠子は、光絵に母親のことはなにも言わなかった。大型トラックの行き交う道路では、生ぬるい風が砂埃を舞上げていた。

光絵は、まったく逆の方向を見ていた。

「ああいう子のかわいさって、なんなんだろうね」

光絵の視線の先にはコンビニエンスストアがあった。店の前に、中学校をさぼっている男の子と女の子たちが六人座り込んでいた。全員、ジャージかスウェットだった。

「一人二人は絶対いるじゃん、ああいう中に」

光絵がどの子のことを言っているか、すぐにわかった。女の子たちの中に一人、飛び抜けて色が白い子がいた。脱色した栗色の髪で、青白い顔には眉毛がなかった。スウェットの袖を長く伸ばして中に隠した手で、イチゴミルクの紙パックを握っていた。透ける車止めのブロックに座り、眠そうな目で他の子たちを眺めていた。透けるような肌ってああいうのを言うんだな、と珠子は思った。

「だいたいろくでもない男につかまるんだよね。薄幸そうだなあ」

中学の同級生の何人かの顔が浮かんだ。近所で見かける子もいるし、消息不明の子もいる。地元の同級生たちには結局馴染めずじまいで思い出したくないことも多いが、それでも今では懐しいという気持ちが少しは湧いてくる。しかし、珠子はまだその感情を受け止めるまでには至っていなかった。

イチゴミルクを握った女の子は、ゆっくり立ち上がった。リロ&スティッチのスティッチの顔が付いたサンダルをつっかけていた。珠子は言った。

「たまーに、ああいう子だったらどんな気分かな、って思う」

二人は、コンビニの手前の角を曲がった。うしろで彼女たちがきゃーきゃーと声をあげるのが聞こえた。ああいうかわいさが、あの年齢に特有のものなのか、気質から来るものなのかはわからない。とにかく今の自分には、ああいう感じはどこにもない、と珠子は感じていた。あれぐらいの年齢の時ならあったかと聞かれても、答えられないが。

光絵が一度振り返って言った。

「羨ましいよ。どこがって言われたら困るけど」

それから、二人は自転車に跨って走り出した。

かおりからのメールが届いたころ、春日井夏美は、「Wonder Three」で一人パソコン画面に向き合っていた。店のブログを二週間前から始めた。今日の分を書きたいのだが、なにを書くか思い浮かばないのでさっきからうろうろしていた。こんにちは、とだけ文字を打ってみて、またそこで止まった。商品の紹介もだいたいおわったし、いきなりウチの子どもが、みたいな話を書くのもどうなんだろう、と逡《しゅん》巡《じゅん》しつつ、とりあえずマグカップのお茶を飲んだ。ドアが開く音がしたので顔を上げると、若い女の人が半歩店の中に踏み込んだところだった。

「いらっしゃいませ」

夏美は慌てて立ち上がった。白いワンピースを着た夏美と同じぐらいの年頃の女の人は、半分開いたドアを片手で支えたまま、店内を見回し、それから夏美の顔を見ると、

「間違えました」

と言って出ていった。夏美はその場でしばらく突っ立っていた。なんなんだろ、間違えましたって。外からだって店の中はよく見えるのに。どういうこと？と、少しずつ腹が立ってきた。それも、この数日は客が少ないせいだった。夏美はカウンターに戻り、またパソコンに向かった。そして、参考に他の雑貨店のサイトを検索し始めた。

ふと、暇だなー、と思った。わたし、今、暇だ。と自分で状況を確認した。長女のあさみが生まれて以来、常に傍らには子どもがいて、あさみが保育園に行ってもみなみを抱えながら春日井デザインの事務を手伝うようになって、それからみなみが保育園に行っても太郎がいた。保育園に行っていない時間は、三人ともいた。ということは、常に子どものことに気を取られ、今やること次にやることそのあとやることを考え、考えた端から子どもたちによって変更を余儀なくされ、とにかく動き回っていた。

暇、などと前に思ったのはもしかしたらあさみが生まれる前かもしれない。ひさしぶりに感じた「暇」という状態は、うれしいわけでもさびしいわけでもなくて、変な感じ、だと思った。夏美は大きく息をついて、壁に背中をもたれさせた。右手で自分のおなかを撫でてみた。肉はついたが、今は子どもが入っていないおなか。わたしはいつも考えるより先に行動がくるから、実感みたいなものが湧くのはできごとのだいぶあとからになるんだな。

静か、と思った。三人の子どもたちは今はそれぞれの保育園に行っている。あさみのクラスにはインフルエンザの子が出たらしいけど、今の季節に流行るかな。みなみといちばん仲がいい子が週明けに誕生日でプレゼントをあげたいと言ってたから店のものをなにか包んでおこう。太郎は最近歩くようになって喜ばしいけど、そのせいで昨日も頭をぶつけたので、テレビ台にもクッションを貼っておいたほうがいいかも。みなみと太郎は今日はお母さんが実家から近い保育園に迎えに行ってくれるから、多めに買い物を……。

夏美は冷蔵庫にあった物を思い出しながら、メモを書き始めた。子どもが一人もいなかったときに毎日何をして過ごしていたのか、うまく思い出せないな、と思いながら。

それから二時間のあいだに、店に入ってきた客は二人だった。夏美が気持ちも少し落ち着いてブログの続きを書き始めたら、レナがドアに掛けた鈴を派手に鳴らして入ってきた。

「こんちはー」

まだ肌寒いのに、すでにサンダルを履いている。金色のヒールの高いグラディエイターサンダルの下に赤紫で塗った足の爪が見えた。エクステンションの金髪の割合が増えていた。

「お客さん来る？　来ない？　今はいないよね」

ぴったりしたパンツをはいた細い足で闊歩《かっぽ》してきて、カウンターに寄りかかった。

「なんか客寄せしないとだめなんじゃゃん？　看板、もっと派手なほうがいいって。ここ、商店街からも外れてるんだし」

「そうかな」

「そうだよ」

レナはにっこり笑った。近くで見ると、濃い化粧の下の目が幼かった。

「あのさー、なっちん」

レナはカウンターの中の椅子に座った。店の中をうろうろされるよりいいかも、と夏美は思った。五時前にはいったん店を閉めてあさみを迎えに行かないといけないんだけど、となぜか言い出せず、夏美は客が崩した髪飾りの並びを直した。レナは、カウンターに肘をつき、夏美を真顔で見て言った。

「わたしこないだ、タケウチに会ったんだよね。駅でばったり」

急にその名前を出されて、夏美は一瞬ぎくりとしたが、それを悟られないようにすぐに返事した。

「ああ、そう」

「結構真面目に働いてるっぽかったよ。スーツ着てたし」

「そうらしいね」

「今は全然関係ないよ。メアドとかも聞かなかったし」

「いや、別に……」

気にしてないよ、とか言うのも変だし、と夏美はそこで言葉に詰まってしまった。

今は夏美の弟の彼女であるレナは、夏美の同級生の竹内とつき合っていたことがある。しかも夏美の友達と二股状態だった。そんなわけで夏美は弟よりも先にレナのことを知っていたが、弟にそのことは話していなかった。

「レナちゃんって、土曜日はまたウチに来るの？」

と話題を変えようとしたら、携帯電話が鳴った。夏美の母からで、仕事が長引いて迎えに行けなくなった、という連絡だった。

「どうしよ、どっちも迎えに行かないと」

電話を切った夏美は、思わずレナの顔を見た。あさみの保育園とみなみと太郎の保育園は方角が逆だったし、自転車であさみ一人を乗せて歯医者に連れていってから帰る予定だったのに、三人だと一台の自転車には乗れない。歯医者をキャンセルしようか、直樹のお母さんも今日はいないし、といろんな考えが浮かんで混乱し、夏美はなぜかカウンターの上にあったメモ用紙の端をむしった。レナは、最初きょとんとしていたが、事情を把握すると急に目を輝かせて言った。

「わたし車出したげるよ。今日、乗ってきたんだ」

レナは自分に仕事ができたことがうれしいのか、近くのコインパーキングへと駆けだした。レナの車ってチャイルドシートなんてあるわけないよね、と思いつつ、夏美は慌ててレジやパソコンを片づけた。

残業を終えて帰路についたかおりは、地下鉄から別の路線に乗り換えるため、階段を上っていた。長めの階段なのでほとんどの人はエスカレーターに乗っていて、階段を上っているのは四、五人しかなかった。いつもならかおりも、並んでいる人が多くてもその最後尾についてエスカレーターに乗っていた。しかし、昨日の夜、足腰の筋肉をつけておかないと将来寝たきりになるし内臓の病気にもなる、と脅すテレビ番組を見てしまい、通勤で歩く以外運動をまったくしていないので、とりあえず階段を使うようにしてみよう、と思ったのだった。一段一段、段差が小さくて上りにくい階段を踏んでいく。足が重い。自分で予想していたより、三倍ぐらい重い。仕事で疲れているせい、とかおりは思うことにした。呼吸が荒くなってきたかおりの目の前に、ハイヒールの足がずっと見えていた。豹柄の細いヒール。豹柄ヒールは、十センチ近くありそうだった。ペースも姿勢もまったく乱れることなく、豹柄ヒールが同じリズムで階段を上がっていく。見上げると、足首もふくらはぎも筋肉のメリハリがあって、その上のタイトスカートの腰もしっかりくびれている。ウエーブのかかった長い髪は少々古くさいスタイルにも見え、顔はわからないが自分よりかなり年上ではないかと、かおりは予想した。あんなヒール、普通に歩くだけでも疲れるのに、と三センチヒールを愛用しているかおりは、感心というよりはほとんど驚異に近い気持ちを感じていた。息切れがし、足がますます重くなった。真横を昇っていくエスカレーターの人たちがこっちを見ている気がする。

かおりはずり落ちつつあった鞄を肩にかけ直し、残り三分の一を上りきった。汗が滲み出るのを感じつつ、左に曲がると、さらに長い階段があった。こんなに長かったっけ？

かおりは目が回るような感覚を覚えつつ、エスカレーターの乗り口で団子になっている、自分と同じような仕事帰りの疲れた顔の人たちを見た。それからもう一度、豹柄ヒールを見上げた。そして、大きく息をつくと、エスカレーターの列の後ろに並んだ。エスカレーターで静かに上昇しながら首を伸ばして、かおりは豹柄ヒールのうしろ姿を見つめ続けた。

五月の連休の二日目　日差しがまぶしい

小さな改札を出ると坂道の上で、連休中だから狭い道なのに色とりどりの格好をした若い女の子たちがたくさん歩いていた。

直接日が当たるところは確かに暑いくらいではあるが、ノースリーブは早すぎるんじゃないのか、と水島珠子は、すぐ隣で待ち合わせをしているらしい女の子の白い肩と二の腕を眺めていた。腕だけでなく、ショートパンツにサンダルだから足もほとんど露出していた。たれ目ふうにアイメイクをしたかわいらしい顔立ちの子だったが、こういうタイプって実は気が強そうだなー、と珠子は勝手な思い込みを持って、彼女のレースでもこもこした鞄や花柄のカチューシャなどのいちいちを見ていた。

小さな駅に電車が到着するたび、駅の大きさに見合わない大勢の子たちが改札から出て来た。通過する急行列車の轟音が響いた。珠子は、向かい側のカフェのガラスに映る自分の姿を確かめた。黒いカーディガンなんか着てきて暑苦しかったかも、と脱ごうかどうか迷っていたら、ガラスの向こう側に見えるカウンターでコーヒーを飲んでいる女の人がふと目についた。見たことある人のような気がしたが、ガラスに映る外の風景に邪魔されてよく見えなかったし、女の人も頬杖をついたので顔が隠れてしまった。

また電車が到着した音が響いてきた。

本田かおりは、改札を出て左右を見て、右側に立っている珠子にすぐに気づいた。小さい、と思った。頭や肩が自分よりだいぶん低い位置にあるように見え、それから、自分が今日は七センチヒールの靴を履いてきたことを実感した。珠子の足下を見ると、東南アジア風の布に金糸の刺繡が入った平べったいスリッパみたいな靴だった。もともとの身長差を足すと今日は二十センチ近くわたしのほうが大きくなってしまった、と思いながら、かおりは珠子の肩を叩いた。

「おはよー。珍しいね、たまちゃんが早く着いてるって」

見上げる、という感じで、珠子はかおりのほうを向いた。

「ぴったりに着くって難しくて。地図かなんかある？」

かおりは素直に、肩に掛けたバッグから個展の案内葉書を出して手渡した。葉書を受け取った珠子は、数学の試験問題の図形のような地図を一瞥し、

「こういうおしゃれ地図って困るよねー。代官山ってややこしいのに」

と言って歩き出した。迷わず坂の下へと歩いていく珠子の後に従いながら、こっちだってわかるだけですごい、と感心していた。

真夏の洋服が飾られたショーウインドウを見ながら、珠子とかおりは道路を渡った。もうすぐ真昼で気温が上がっていっているせいか、道は埃っぽい風が吹いていた。曲がる角を行き過ぎて一度引き返しはしたものの、すんなり目指すギャラリーに行き着いたので、かおりはほとんど感動に近い気持ちを覚えた。辿り着いても、実際に歩いてきた道と葉書に描かれた図形とが、頭の中で重なることはなかった。

「あー、本田さんと水島さん！　だよねー？　すごい久しぶり！　全然変わらないね！　ありがとう、来てくれて！」

ちょうどドアを開けて外を覗いた青木茉莉香《あおきまりか》が、ぱっちりした目をますます見開いて大げさに声を上げた。

「あ、こんにちは」

珠子とかおりは、青木茉莉香の勢いに押されて、戸惑いつつ挨拶を返した。真っ白いドア、大きなガラス窓の向こうに見える壁も真っ白で、そこに何人かの人影が見えた。三段ある階段を下りて来た青木茉莉香もオフホワイトのレースが複雑にくっついた人気ブランドのワンピースを着ていた。無造作ふうにまとめた茶色い髪も、暖色系のメイクも相変わらずぬかりない、と珠子は笑顔を見せつつ思った。

「ユウコとかサワダくんも来てるよー」

ユウコ……。サワダ……。珠子もかおりも自分の記憶を検索し、少し遅れて、ああ、へえー、などと中途半端な返答をして、青木茉莉香が開いたドアの中へと入った。

中にいた大学の同級生二人に、元気？　久しぶり、とおきまりの挨拶をしあった。他にもお客さんがいたのであまり騒ぐのもよくないかと思い、珠子とかおりは、とりあえず壁も天井も真っ白な小さい空間に飾られた小さな絵を皆で一通り見た。白いフレームには、染めて重ねた絹に刺繍糸で動物と森が描かれていた。いちばん奥に、白い衝立で仕切られたスペースがあり、そこではギャラリーの関係者らしき男女が話をしていた。誰かが入ってくるたび、彼らは微笑みと会釈を欠かさなかった。

入口の前に戻ったかおりは、案内葉書を手に持ったまま、茉莉香と話した。

「こないだたまちゃんと久々に会って、それで青木さんの個展のメールもらったから、いっしょに来てみようかなって思って」

茉莉香は、通りがかりに入ってきた高校生っぽい女の子たちにお愛想をしつつ、余裕のある微笑みでかおりに向かって頷いていた。かおりは、買ったばかりの靴を履いてきたせいでもう痛くなり始めたつま先が気にかかっていたが、旧友との再会はそれなりに楽しいものだと感じていた。

「ほんとは、夏美も誘ってたんだけど、子ども三人いるから連休中は大変らしくて。ほら、よくウチの大学の食堂でいっしょにごはん食べてた……」

「……ああ、夏美ちゃん、夏美ちゃんね。そう、子ども三人なんだ、すごいねー」

夏美のことを思い出したのかそうじゃないのか、曖昧な様子で返事をした茉莉香の高い声は、学生のころと変わらず甘ったるい感じで、四角い空間に響き渡っていた。

珠子のほうは、花が飾られた台の近くに立ってユウコと話していた。ユウコは三年前に結婚して夫と鎌倉に住んでいるらしかった。ますますぽっちゃりとしたユウコののんびりした雰囲気は、珠子が学生のころ好感を抱いていたそのままに思えた。

「二人だから気楽だよ。仕事は忙しくて死にそうなときあるけどねえ」

「ユウちゃんが死にそうに忙しいって、想像つかない」

「なんでー？　毎日終電、普通だから」

といいつつもユウコは力の抜けたような笑顔なので、珠子は終電でくたびれているユウコの姿はやっぱり想像しがたかった。珠子はふと、傍らに置かれたピンクのバラのアレンジメントに差してある名札に目を留めた。

「これって……」

雑誌にインタビューが載るくらい人気のある、見てくれもいい男性イラストレーターの名前だった。よく見ると名札の角には、動物のキャラクターの小さなイラストが添えられていた。珠子が花を覗き込んでいることに気づいた茉莉香が、すかさず説明した。

「あー、前からね、ちょっとおつき合いあるんだ。何度かお食事したり。わたしの作品、すごくいいって言ってくださってて」

珠子は、茉莉香を見た。茉莉香のうしろでは、かおりも茉莉香を見ていた。茉莉香は、エレベーターガールのように指を揃えた掌で、いちばん奥にいるおじさんを示した。

「あちらにいらっしゃるのが、麻布でギャラリーされてる方なんだけど、今度そこでも個展の話をいただいてるの」

ああ、この感じ！　と珠子とかおりはほとんど同時に思った。青木茉莉香って、こういう子だった。人脈を自慢するときに出る取りつくろった敬語、なつかしいー、と珠子はかおりに言いたくてうずうずしたが、かおりもだいたい同じことを考えていた。

両親がテレビ局勤務のせいなのか、茉莉香は大学のころも度々、有名人と交流があることを自慢した。あからさまに知り合いだ、と言うのではなく、人に聞かれてから

「ちょっとね……」と言い出すところも変わっていなかった。

笑いそうになるのをこらえつつ、珠子は、すごいねー、さすがだねー、と適当なことを言った。後ろに立っていたサワダが、ぼそっと言った。

「ずっと制作続けてるって、なんていうか偉いよな」

茉莉香が「ちょっと困ったような笑顔」を作って応えた。

「うーん、やっぱりわたしにはこれしかできないっていうのかな。不器用なのかも。お勤めしている人って、ほんとうに尊敬しちゃう」

「いやいや、普通のことだし」

と言ったユウコも、早くギャラリーを出て珠子とかおりと思いっきり話したい、と思っていた。神妙な顔をして作品を眺めているサワダに、茉莉香が言った。

「水島さんもイラストレーターで活躍してるのよ」

「え、そうなんだ。知らなかった。どういうのやってるの」

「サワダくん、水島さんはすごいのよ、みんな読んでるようなメジャーな雑誌で描いてるんだから」

「まあ、なんとか、仕事くれる人がいるから」

　珠子は曖昧な笑顔で応えつつ、一日ぐらいだったら青木茉莉香になってみたいな、と思った。

「へー。みんないろいろやってんだな」

　サワダだけはこの微妙な空気から自由なんだな、と珠子は感じた。

　衝立の奥から、黒いスーツのおじさんが人当たりのよさそうな笑顔で、ミニ同窓会の輪に入ってきた。茉莉香は彼の腕をひっぱった。

「あ、川井《かわい》さん、こちら大学の同級生で水島珠子さん。イラストレーターで、女性誌とかでたくさん描かれてて、すっごい素敵な絵だから川井さんも見てくださいよ。見たほうがいいですよ、絶対」

　眠い、と珠子は突然思った。足からだるさが上ってきて、眠気が全身を包んでいく感じがした。あー、めんどくさい。と声に出して言いたかった。珠子は面倒だと眠くなる。とにかくその場から逃れたいってことかな、と自分で分析しつつ、あくびをこらえて、変わった形の眼鏡を掛けたギャラリー経営者の社交辞令に、適当に頷き続けた。

はす向かいのカフェに、珠子とかおり、ユウコとサワダ、それからついさっき来た原田《はらだ》さんの五人で移動した。原田さんがサワダとつき合っているというのはどこから聞いていたがほんとうだったのだ、とかおりは思った。何も知らなかった珠子は驚きの声を上げたが、特に意外というわけではなかった。同級生の近況を聞くと結婚した人は半分もいないし、子どもがいる人はさらにその半分ほどで、出会いないしねー、少子化だよねーと、他人事《ひとごと》のように言い合った。

パンケーキセットを注文したあと、ユウコが最初に言った。

「茉莉香ちゃんて、あんな感じだよねー」

「うんうんうん」

珠子とかおりは、誰がいちばん先に言うか待ちかまえていたので、すぐに頷いた。原田さんだけは、窓の外に見える白いギャラリーに視線を投げつつ、

「そうだねえ」

とため息混じりに言った。サワダは、女子たちの顔を見回した。

「あんな感じって?」

皆が通っていた大学は、当時女子大から共学校になったばかりで、「総合デザイン科」という曖昧な学科には女子五十人に対して男子は七人しかいなかった。サワダは

数少ない男子の一人だったので、それなりにもてた。あのころがおれのいちばんいい時期だったよ、とサワダは卒業してから度々言った。

女子たちは互いに顔を見合った。代表してかおりが言った。

「解説してもいいけど、なんか悪口言ってるみたいになるし」

サワダは、

「悪口だったんだ」

とわざとらしく感心したふうに言った。

「違います」

かおりは言いながら、こういう感じを味わいたくて、そんなに仲がよかったわけでもない青木茉莉香の個展に、珠子や夏美を誘ってみたのかも、と思った。二十歳のときみたいな、こういう気分。

珠子のほうも、たいていは一人で代わり映えのしない狭い部屋に一日中こもって仕事をしているので、「学校」の日々を思い出させるやりとりは、楽しかった。実際にその渦中にいたときは面倒というか、子どものころからうまくできない「女子グループの人づきあい」に疲れることが多かったが、今では青木茉莉香にも余裕を持って接することができるようになった自分を、成長したと勝手に納得していた。

それぞれのパンケーキが運ばれてきた。チョコバナナやベリーカスタードやメープルバターなどの違ったトッピングを、女子たちはしばらく交換し合って楽しんだ。

「サワダくん、去年新宿のお店行ったとき探したけどいなかったよ」

「店長だったんでしょ」

シロップのかかったパンケーキを口に詰め込みつつ、サワダは答えた。

「中間管理職な。辞めたのは八月か。前からフリーでやってたデザインの仕事、ちょっとずつ増やしてて」

「ようするに、求職中か。仕事を求めてるのね」

かおりが言うと、サワダは鞄から最近自分が担当したらしい広告が載った雑誌やウエブサイトをプリントアウトしたものを出してきた。それなりにセンスのいい出来ではあった。これからする予定の仕事を話したあとでサワダがトイレに行った隙に、ユウコが言った。

「男のほうが、夢見がちだよねえ。いいところでもあるけど」

つき合ってちょうど一年になるらしい原田さんは、

「いいかなー。どうだろなー」

と言いながら、皿に残ったクリームをフォークの端で集めて舐めた。

カフェから最初に出た原田さんが、声をあげた。

「あ、あれ、宮本《みやもと》先生じゃない？」

「ほんと？　ほんとだ。せんせー」

ユウコが手を振って近づいていった。ギャラリーから出てきたのは、大学のときテキスタイルの実技を担当していた宮本先生だった。長い髪をうしろで適当にまとめた髪型も、インド雑貨屋で売っているふうの服装も、十年前とほとんど印象が変わらなかった。さっき駅前のカフェにいたのはやっぱり宮本先生だったのか、と珠子は気づいた。

「青木さんに案内もらってたんだ。年取ったね。みんな」

宮本先生は相変わらず眠そうな顔で、全員を順番に見た。

偉い、と珠子は素直に感心して、宮本先生のうしろで微笑む青木茉莉香を眺めていた。自分の役に立ってくれそうな人とはつながりを保っておくこと。珠子の不得手な、そして必要だと思っている技術だった。

ギャラリーの中に再び戻り、みんなで並んでそれぞれの携帯電話で記念写真を撮った。かおりはそれを、夏美に送信した。

画像が添付されたメールが届いたとき、春日井夏美は自宅で夫、子ども三人、夫の両親と妹、さらに夫の伯母二人、合計十人分の夕食の準備に追われていた。長女のあさみと次女のみなみが、おとなしくするかと思って再生しておいたアニメの主題歌を合唱する大声が響き渡り、椅子に頭をぶつけてまだ泣いている長男の太郎の声も加わっていたので、夫の母の峰子《みねこ》が玄関から呼ぶ声などまったく聞こえていなかった。

「夏美ちゃん」

台所のすぐ横にあるドアのところから峰子に大きな声で呼びかけられ、夏美はびくっとして顔を上げた。その拍子に、左手で押さえていた生姜の塊がまな板を転がってシンクに落ちた。

「いるものって油揚げとみりんだけ？　あさみちゃんたちのおやつは？　アイスクリームでも買ってこようか？」

「えーと、だいじょうぶです。バナナもあるし」

「たぶん買ってきちゃうけどね、アイスとかケーキとか。わたし食べたいもん」

「お願いします」

直樹の母と父は、車でディスカウントの酒屋とスーパーに行くらしかった。明るいマドラスチェックのシャツを着た直樹の父の滉一《こういち》と、最近ショートヘアにした峰子を見送った夏美は、若いよなー、と思った。夏美と直樹は小学校の同級生だが、直樹の父母は夏美の父母よりも十歳近く下だった。だから、おじいちゃんおばあちゃんという呼び方は今でもしっくりこない。

マンションの二階にある部屋の窓からは、隣の公園の木々の緑がよく見えた。直樹の家が工務店をやっている関係で紹介してもらったこの部屋は、立地や間取りは掘り出し物といってよかった。それでも、子ども三人が大きくなったら狭くなるだろうな、と夏美と直樹はときどき話す。

今日は、最初の予定では、ここから歩いて十分ほどの直樹の実家に集まる予定だった。しかし、近所で不発弾が発見され、今日がその撤去作業で、実家は立ち入り禁止区域に入ってしまった。といっても、午後一時前には作業はすべて終了し、立ち入り禁止も通行止めも解除になったと、巡回に来たパトカーからのアナウンスが何度か聞こえた。峰子と伯母たちは、不発弾なんてねえ、まだあるのねえ、こわいわねえ、と同じ会話を繰り返した。そういう親戚っぽい、中年の女の人たちっぽいやりとりが、夏美はいやではなかった。

直樹の伯母、つまり義父の姉二人はダイニングテーブルに向かい合って座り、空豆を莢《さや》から出す作業をするかたわら、ひたすら各々の夫の親戚の愚痴を言い合っていた。

「法事の仕出し弁当のランクが低いって文句つけてくるんだから。そんなとこで見栄張ってどうするのよ」

「ウチなんか、ほら山形のおばあさんのお葬式で嫌味が始まって。ウチのリフォームのことでよ。なんで、カーテンかロールスクリーンかで文句言われなきゃならないの」

こういう会話を聞いていると、夏美は、テレビで長いこと続いている橋田壽賀子脚本のドラマが目の前で実演されてるみたいだなー、と思う。結婚してしばらく経って、たまたまあのドラマを見たとき、断然、話がわかるようになっていて、驚いたことがある。深く共感することはまだないが、ああいう会話ってほんとうに普通にどこにでも実在するのだ、と受け止めるようになった。

リビングの広いソファには、直樹の妹の亜矢子《あやこ》が座っていた。すぐ目の前では、あさみとみなみがジャンプを繰り返し、歌詞を間違ったまま主題歌を絶叫していたが、亜矢子は気にならない様子でひたすら携帯電話の画面を見つめていた。それが終わるとテレビ、しばらくするとベランダの外へ、そしてまた携帯電話へと視線を移すことを繰り返す亜矢子は、ここにきて挨拶程度の会話をしたきり、全然しゃべらなかった。今日は、亜矢子の二十四回目の誕生日の祝いでもあるのだが。

直樹が、まだぐずっていた太郎を持ち上げたりくすぐったりして、それから抱き上げてソファの端に座った。手を万歳させたりしていると、太郎はようやく笑った。それをじっと見ていた亜矢子が、直樹になにか話しかけた。亜矢子は笑ってはいなかったがさっきよりは柔らかい表情で、直樹になにか言い、直樹が笑顔で答えると、手振りを交えてもう少し長くしゃべった。

夏美は夫とその妹を、伯母たちの頭越しにちらちら見た。亜矢子が会話らしい会話をするのは、直樹にだけだ。自分の両親にも必要最低限の返事をする程度で、会話が弾んでいるところなど見たことがなかった。かといって仲が悪いという訳ではなさそうだし、夏美や夏美の父母が話しかければ過不足なく答える。夏美は前に何度か、駅の近くで亜矢子が友だちと楽しそうに話しているのを見たことがあった。自分が知っている表情との差は、夏美に軽い驚きをもたらすにはじゅうぶんで、直樹にそれとなく聞いてみたこともあるが、子どものころからあんな感じだから、とたいして気にはしていないようだった。

まあ、自分の家族はそんなもんだよね。夏美は振り返って手を洗った。ウチにだって、一人、不思議な人がいるし。

主題歌の絶叫が終わったあさみとみなみは、くまのプーさんのぬいぐるみを取り合っていたが、あさみが姉らしいところを見せようとみなみに譲った。それを眺めていた亜矢子が、

「五歳って頭いいんだね」

と言ったのが、夏美にもはっきり聞こえた。あさみは、亜矢子の顔をじっと見たあと、夏美のところに走ってきた。

「おかあさーん」

「なに？」

「亜矢子さんがわたしのこと頭いいんだって。前から知ってたけど、やっぱり頭いいんだね」

「うん。おかあさんも知ってたよ」

うしろで聞いていた伯母たちが、ひとしきり笑ってから立ち上がった。

「夏美さん、これ茹でて醬油煮にしたいんだけど、コンロ空いてる？」

「和子《かずこ》ちゃんたら、空いてるじゃない、見たらわかるじゃない」

「違うわよ、空いてるかっていうのは、この先の予定も含めてのことでしょ。段取り

っていうものがあるんだから」

「ああ、そ。わたし、醬油煮はいや。塩茹でにしてよ」

伯母たちの向こうに見えるソファでは、亜矢子が太郎の頭を撫でていた。太郎はにっこりと笑い、つられたのか亜矢子もようやく若い女の子らしい笑顔になった。


「はいはーい」

待ち合わせ場所に向かって地下鉄から階段を上がっている途中だったかおりは、携帯にかかってきた準之助からの電話に明るい声で答えた。

「かおりちゃん？　あのー、おれ、っていうか、ちょっともう一人来てもうてんけど、飯、いっしょに食うのでもええかな？」

「友だち？」

「いやー、えー、父さん」

準之助が発した言葉に、かおりは階段の途中で立ち止まった。

「とうさんって、お父さん？　準之助の、ほんとのお父さん？」

「嘘の父さんなんかおらへんって。なんか、東京来てたみたいで」

「ちょっと、今？　すぐ？　なんで？」

「すんません。行動が急な人やから」

「早く言ってよ。えっと、今度、明日とかだめなの？」

「今からかおりちゃんに会うって、言うてもうた」

「なんでー？」

階段の真ん中に突っ立っているかおりの横を、人が次々に通っていった。かおりは切れた電話をしばらく見つめて深呼吸をしてから階段の残りを上った。

横断歩道の向こうの本屋の前を見ると、準之助と隣に男が立っていた。バッファローチェックのハンチングをかぶったその男性が、準之助と同じくらい背が高いのを見て、かおりは少し安心した。かおりは目立つほど身長が高いわけではないが、小さくてかわいらしい女の子に多少のコンプレックスを感じる程度には、踵の高い靴を履いたときの自分の大きさを気にしていた。

「こんばんは。あの、初めまして、本田かおりと言います」

「なんかうまいもん食いましょうよ」

準之助の父は、挨拶もなしにそう言って、にっと笑った。

新歓コンパらしい学生が早くも酔いつぶれて転がっている路地を抜け、準之助が気に入っている沖縄料理の店に入った。青いグラスに注がれた泡盛で乾杯したあと、準之助の父の宗一郎《そういちろう》は、周りのテーブルを目を細めて眺めていた。

「東京はええねえ。楽しそうや」

神戸から午前中に新幹線で来たという宗一郎はその後も、この酒うまいなあ、今日の昼間皇居に行ったんやけど観光客多かってなあ、あんたもどっか遊びにいってはったんか、などと言うだけで、かおりの仕事や家族のことはなにも聞かなかったし、ウチの息子をよろしく、あるいはウチの息子は頼りないでしょ、というようなことも言わなかった。ひたすらおいしそうに食べ、おいしそうに飲んでいた。

かおりは、離れて住んでいる父母にも妹にも、ずっと一人暮らしだと言ってあった。つき合っている人もいないことにしていた。母からの「結婚は？」攻撃にも、「いい相手がいない」で通していた。母は、とにかく安定した生活の送れる公務員か上場企業の正社員と結婚するのがいちばん幸せだというステレオタイプな信念を大まじめに、かおりが小学生のころから言い続けてきた。四つ年下で役者志望のフリーターと結婚の予定もなくいっしょに暮らしているとわかれば、いろいろ面倒なのはわかりきっていた。進学校だった女子高から、受験の半年前になって突然デザイン系の学校に行きたいと主張したかおりの唯一の思春期の抵抗の際にも、相当に面倒なことになった。

今は離れて暮らして自分の生活を見せないことで表面上の安定を保っているだけ、とかおりは思っていた。三十歳にもなってこんな親子関係のままだとは予想していなかったが、なにも変わらないままずるずると時間ばかりが経ってしまう。

息子は役者志望で、父親はミュージシャン兼バー経営か。順調に泡盛の杯を重ねながら好きなバンドについて友だちのように話す準之助と宗一郎を見ているのは、楽しかった。楽しいと思うほど、自分の家族との距離も感じて、今いる沖縄料理屋の薄暗い空間も食べ慣れない食材が並んだテーブルも、他の場所から浮き上がっているみたいな、ふわふわした気分になった。

そのふわふわは、緊張して酒が回ったせいでもあった。食事を終えて店を出て階段を下りようとしたかおりは、久しぶりに履いた七センチのヒールを段差に引っ掛け、尻餅をついた体勢のまま七段ほど滑り落ちた。

珠子は、恵比寿と青山で別の知り合いの個展を見に行ってから、帰路についた。地下鉄で、今日三度目の宮本先生の姿を見つけた。

宮本先生は、いちばん端に座って、うつむいていた。珠子は、閉まったドアの前に立ったまま、声を掛けようかどうか迷った。眠っているのかもと思ったし、自分から声を掛けるのは、どんなときも誰に対しても苦手だった。しばらく見ていたが、やっぱり眠っているように見えたので、別の車両に移動しようかと思ったとき、急に宮本先生が顔を上げて、目が合った。宮本先生は、すぐに言った。

「水島さん。どこ住んでたっけ？」

座席は全部埋まっていたし、ドアの前に立つ人が銀色のつかまり棒に寄りかかっていたので、珠子は宮本先生の前に立って吊革に手を伸ばした。背が低いので吊革を持つとぶら下がった子どもみたいになるのがいやなので、いつもは銀の棒につかまっている。

珠子が駅の名前を告げると、宮本先生はぱっと目を開いた。

「すぐ隣だ。今まで全然会わなかったね」

宮本先生の表情は単純な驚きしかなかった。こういう愛想笑いのないところが、この人の好きなところだった、と珠子は思った。

「わたし、あんまり出かけないので」

学生の時、先生とどれくらいの距離感でしゃべってたっけ、と記憶を探りながら、珠子は言った。

「水島さん、イラスト描いてるよね。こないだ見たよ、占いのページ。獅子座が化け猫みたいだった」

「えっ」

「もうちょっとポイント押さえないと。動物園で本物見てきなよ」

「はい」

「素直だねえ、水島さんは。ていうか、なんでも真に受ける。あはは」

宮本先生が笑ったので、珠子はほっとした。

「先生、前は確か横浜でしたよね。いつ……」

今度は宮本先生のほうが返答を躊躇《ちゅうちょ》し、自分の耳たぶを引っ張りながら言った。

「離婚した」

珠子は宮本先生の顔を見た。

「去年、あ、違う、おとといだ。大変だったんだよー、向こうの親がうちの実家に押しかけてきて、まさかの罵り合いが。四十過ぎて子どものけんかに親が出てくるか、ってびっくりだよ。かなり落ち込んだね」

淡々と話す宮本先生に、珠子は相槌も打てず、何を言おうかと頭の中で逡巡していたが、「離婚」で思いついたのは幼なじみの光絵のことだけだった。

「わたしの友だち、近所で子どものときから仲いい子なんですけど、半年前に離婚して帰ってきて、だから最近しょっちゅういっしょに遊んでるんですよ。近所のスーパーとか銭湯とか行って」

珠子は明るい調子で言ってみた。言ったそばから、宮本先生の事情がどのくらい深刻だったか知らないし、光絵がほんとうはどれくらい傷ついているのかちゃんと話してもいないし、離婚どころか結婚もしていない、なんにもわかっていない自分が軽々しく明るくしようなんて最悪なんじゃないかと後悔して、また言葉が出てこなくなり、肩に掛けていた鞄のファスナーを無意味に開けて、閉めた。珠子の手元を見ていた宮本先生は、ちょっと頭を傾けて、

「そう。若いのに苦労してるんだ」

とだけ言った。珠子は、宮本先生のほかにシートに収まっている人たちを見た。窮屈そうに並ぶ六人のうち、携帯電話を開いているのが一人、文庫本を開いているのが三人、目を閉じてうつむいているのが一人、吊り広告を見ているのが一人。文庫本が三人で一位なのは珍しい。

宮本先生の声が聞こえた。

「絵を描いてるって、いいことだ。わたしはうれしいよ」

うれしいよ、という言葉とはそぐわない、無愛想な調子だった。珠子は、少しほっとして、言った。

「でも、なんていうか、自信ないんですよね。とにかく絵を描くのが死ぬほど好きっていうのでもないし、さっき先生が言ったみたいに動物園に実物見に行くほど勤勉、っていうか、そういう気概みたいなものも足りないと思うし。この先もやっていけるのかなって」

絵を描きたい気持ちはあって、仕事も忙しいと思えるほどやっているが、もっと絵が好きでうまい人はたくさんいる、もっとたくさん仕事をして努力をしている人がたくさんいる、と比べてしまうのが珠子の思考パターンだった。化け猫みたいな獅子座……。珠子は自分が描いた絵が印刷されたページを思い浮かべていた。口が猫っぽかったのかな。

宮本先生は、肩が凝った人の仕草で首を左右に倒してから言った。

「そういうのはすぐバレるから、気をつけないと」

「そうですよね」

「厳しいよ、好きなことをやり続けるのは」

宮本先生はにやりと笑った。それからあとは、黙って暗い窓を見ていた。

三十歳過ぎても、「先生」という存在にはときどきいてほしいな、と珠子は思った。車両の底から、規則正しいリズムが響いていた。

かおりは、明かりを消した部屋の中で布団を顔まで引き上げ、襖《ふすま》の隙間から漏れてくる準之助とその父の声を聞いていた。聞いていたと言っても、玄関先で交わされている低く小さなその音声は言葉の内容までは聞き取れず、妙に心地のよい響きになって、かおりの眠気を誘った。玄関のドアが開く音がし、準之助が「ほな、また」と言ったのだけがはっきり聞こえた。階段で打ったお尻と太ももの鈍い痛みを感じながら、かおりはそのまま眠ってしまった。

夏美は、子どもたちが眠ったあとそっと部屋を出て、台所で水を飲んだ。テーブルに置いてあった携帯電話を開き、かおりから送られてきたメールに添付された記念写真を眺めた。テレビはつけっぱなしで、直樹はソファで寝ていた。訪問者たちがいなくなった部屋は、昨日よりも広く見えた。

六月の金曜日　梅雨の晴れ間

大きな窓ガラスには太陽の光が反射して眩しかった。春日井夏美は店の前で、自分が映っているガラスを乾いた雑巾で拭きながら、蒸し暑い空気がまとわりついてくるので、こんなに晴れているのに雨の気配を感じた。

窓を拭き終わった夏美は、立て看板の向きを直して、店の中に戻った。ドアを閉めると急に静かになって、夏美はふと、音楽でもかけたほうがいいのかな、と思った。雑貨屋って、音楽かかってるところってあったっけ？　前に働いていた店ではかかってなかったし、あ、無印良品はかかってるなー、いつも行く美容院もかかってるか、音楽がかかってる店とかかってない店の境って？　などと考えつつ、夏美は新しく仕入れた小鳥の刺繡が入った布バッグを真ん中のテーブルに並べ始めた。

「おはようございまーす」

振り返ると、銀色のナイロン素材のトレーニングウェアの上下を着たキトウさんが店に入って来るところだった。

「あっ、おはようございます。今日蒸し暑いですよね」

「あらー、それ新商品？　センスいいわねー、かわいいわねー」

キトウさんは丸い胴体を揺らしながら夏美の前に回り込んだ。キトウさんが歩くたび、トレーニングウェアがしゃかしゃか音を立てる。

「ほんとですか、ありがとうございます。これから公園ですか？」

「もう帰りよ。暑くなってきたから一時間早くしたの。清々《すがすが》しいわよー、脳が活性化するのがこう、びりびり感じられるのよぉ。あなたも歩いたほうがいいわよ、絶対」

「そうですよね、わたしももうずっと運動とかしてなくて」

「そうよう！　動かないとだめになるのよ、人間って」

キトウさんは重そうなお尻を左右に振りつつ、いつものように店内を時計回りに一周し始めた。毎日店に来る、推定五十代半ば、茶色いショートヘアの首もとにタオルを巻いたこの女の人は、隣の駅の夏美の実家の近くに住んでいてウェルシュコーギーを三匹飼っているらしい。朝は一人で早歩き、夕方は犬たちと散歩。

「楽しそうですもんね、毎日」

「楽しまなくちゃ、損よ」

キトウさんは振り返ってレジカウンターにもたれた。そして背中を反らして、開いたままのノートパソコンの画面を勝手に覗いた。夏美は慌てて駆け寄った。

「あー、お店のブログなんですけど、こういうの書くの苦手で」

「じゃ、わたし載せたら？　常連のおばさんです、って」

キトウさんは両手でピースサインを作って微笑んだ。

「えーっと、今日は、あれ、あの鳥の袋、載せますから」

夏美は鳥の刺繍の布バッグを指差した。青い糸のグラデーションがきれい、と離れたところから見て改めて思った。

「そうねえ、かわいいものねえ、あれ。おばさんの写真じゃ客が逃げちゃうわ、あはは」

ははは、と曖昧に笑って返答した夏美を気に掛けず、キトウさんはパソコンの画面の夏美が書きかけた文章を読み上げ始めた。

「みなさん、こんにちは。そろそろ雨の季節ですね。これから活躍しそうなのがビニールコーティングのミニバッグ。……普通ねえ。ものすっごく、普通だわ」

学務課の窓の外は糸杉が狭い間隔で並んでいて、せっかくいい天気なのに窓辺を薄暗くしていた。

チャイムが鳴り響いたが、職員にはこの時間はたいして関係がなかった。本田かおりは、パーテーションで仕切られた打ち合わせスペースで、山口《やまぐち》さんと向かい合っていた。

「息子はこの学校に大きな期待を持って入学したわけですよ。わたしたちも本人の希望だからこそ見守り、応援しているんですね」

五十五歳男性の山口さんは、眼鏡の茶色くて太いフレームに手をやりながら、その奥のぎょろりとした目でかおりを凝視し続けるので、かおりは、テーブルに置かれたお茶や窓の外に目を逸らした。

一人息子の履修届を出し直したい、と三日前から電話をかけてきていた山口さんは、今朝名古屋から新幹線に乗ってここまでやってきた。もちろん誰も応対したくないのでバケツリレーのように「ちょっとお願い」が回ってきて、最後に課長からかおりの前に差し出された。次の人に回すのが面倒だったのでここに座ってしまったが、一時間を超えるとは思っていなかった。失敗した。

「うちの子は心優しい分、遠慮して身を引いてしまうところが心配で、親ばかだとは思うのですがちゃんとフォローしてやるのも産み育てる者の務めだと思うんですね」

山口さんのグレーのスーツも白いシャツも品のいいものだったし、決して声を荒らげず、落ち着いてはっきりとした丁寧な調子を崩さなかった。だけど内容が……。かおりはとっくにうんざりして時間ばかりが気になっていた。入学式に出席する保護者が毎年増え続け、その座席を確保するために今年はとうとう入学式を三回に分けることになった。新入生たちは、小学生みたいに両親に挟まれて誇らしげに門をくぐり、あらゆる場所で記念撮影をしていた。ヒマなんだろうな、要するに。かおりはため息やあくびが出そうになるたび、こっそり手の甲を自分で引っ掻いて気を紛らわした。

「今回の件は本人のミスだと思います。甘いところがあるのはわかっています。よく言って聞かせます」

「はい」

そりゃそうだろ、じゃあ今わたしになにを延々としゃべってんだよ、頼むからもう終わってよ、わたしは仕事中なんですけど、あんたと違ってやるべきことがあるんですけど、等の悪態がかおりの頭を右から左に、スピーカーから聞こえる他人の声みたいに流れていって、自分の中がどんどん空っぽになっていくような気分になった。修行なのかも、これ。瞑想みたいな感じ。

パーテーションの間から、ちょうど横尾ちゃんのうしろ姿が見えた。いつもの猫背気味の丸っこい背中で、覆い被さるようにしてキーボードを叩いていた。電話が鳴った。横尾ちゃんは受話器を取って二、三度うなずくと、振り返ってかおりを見た。正面に来客がいるかおりは表情を変えられず、視線だけで窮状を訴えたが、横尾ちゃんはそれを汲んでくれたのかどうかわからないまま向き直って電話を切った。山口さんの話は終わる気配がなかった。

「ですからどうか、学校のほうでも彼の熱意に応えてやってほしいんです。真剣に、一人の人間を育てる意識をですね、共有してください」

「そうですね。はい」

できるだけ「真摯な表情」を作って応えたかおりが視線を上げると、山口さんの背後のパーテーションの上から、松本竜馬の顔が覗いていた。その口がぱくぱく動いた。がんばってください。

かおりはますますむなしい気持ちになった。ここに座っているなんの意味もない時間でわたしは一体どれだけの仕事ができただろうか、とつらつら考えていた。

かおりの視線が自分に向いていないことに気づいた山口さんは、深いため息をつくと、

「あなたみたいななんの権限も誠意もない人じゃなくて、ちゃんと責任のある人を呼んでもらえませんか」
と言った。

夏美はやっと人がいなくなった店のカウンターの中に座って、おにぎりをかじっていた。キトウさんのあとも、とにかく話をしたいタイプのお客さんが続けて一時間ずつ居座ったので、もう二時近くになっていた。だけど、この店では少し高めの値段を付けていた青空柄の日傘が売れたので、朝慌てていてなんの具も入れられなかった真っ白のおにぎりもおいしく感じた。お弁当を持たせなくていい保育園に子どもたちが入れてほんとうによかった、と夏美は、みなみと同い年の子どもを幼稚園に通わせている中学のときの同級生が店に来たときのことを思い出していた。お弁当はもちろん上履き入れに体操着のバッグと手作りしなければならないものがやたらと多くて、九時に幼稚園に行ったと思ったら二時過ぎには迎えに行かないといけなくてかえって忙しくなっちゃったわ、と彼女がぼやくのを聞きながら、有名大学の付属幼稚園に手間暇かけて通わせることができる自分の状況を自慢しているのはなんとなくわかったので、夏美は大変だねえと単純に言うだけにした。同級生は不満げながらも話題を変えたので夏美はほっとした。

「ちょっと天然ぼけで鈍感」という自分への周囲の評価について、夏美は便利だなと思うこともあったし、異議を唱えたいこともあった。

ペットボトルに詰め替えたお茶を飲みながら、パソコンの画面で今月の売り上げを見つめていると、ドアに取り付けたカウベルが大きな音をたてた。真っ白い半袖のTシャツを着た年配の男性が、ドアの開く勢いとは逆に、のっそりと入ってきた。

夏美はお茶でごはん粒を流し込むと、慌ただしく立ち上がった。

「いらっしゃいませ」

背が高く顔も長い、おじいさんと呼んで差し支えない風貌のその人は、夏美に向かって右手をゆっくりと挙げ、親しげな微笑みを向けた。

「やあ」

「あ、どうも」

と夏美は会釈したが、そのじいさんが誰なのか、全然わからなかった。見たことあるような気もするし、ないような気もするし。じいさんは、落ちくぼんだ目で夏美を見た。

「あんたの店かね？」

「はい。えーっと、三か月前にオープンしたばっかりなんですけど、よかったらゆっくりご覧になってってください」

と夏美が言い終わらないうちに、じいさんは言った。

「こういうやつ、若い子ってよろこぶの？」

指差しているのは、花や果物の絵が型押しされたカフェオレボウルだった。

「え、そうですね、プレゼントなんかに買って行かれる方も多いんですよ。わたしはそっちの、このピンク系のほうが好きなんですけど、青いほうも人気あるかなーって」

「わかんねえな」

じいさんは、投げ出すみたいな言い方だった。

「ほんっと、わっかんねえよなあ。わかりたくってもわかんねえもんはしょうがねえなあ」

「そうですよね、わからないことって、ありますよね？」

夏美は戸惑いつつも笑顔で応対した。孫でもいるのかな。中学生か高校生でちょっと反抗期、みたいな。

「これ、なんて名前？」

　じいさんは今度は、耳の大きい茶色い小猿の絵が描かれたナイロンのポーチを指差した。

「チェブラーシカです。人形アニメってありますよね、こう人形がコマ撮りで動く……」

「なんかさあ、テレビで見たんだよな」

「あ、放送してました？　映画。かわいいですよね？」

「そうじゃなくて、違うよ、なんか選手が持ってたんだよ。選手」

「選、手？　野球ですか、サッカーですか？」

「選手っつったら、いろんな選手だよ」

　夏美はよくわからないまま、微笑みを向け続けた。その人は棚に並ぶ雑貨を睨むように見て、近い距離にいる割に大きな声で話し続けた。

「これ、冬の花じゃねえの？　おれはいいけどさ」

　リネンの巾着《きんちゃく》には、水仙が刺繍してあった。

「ですよねー。季節感、だいじですよね」

「千五百円、七百八十円、こっちも七百八十円か」

扉が開いて女のお客さんが続けて二人入ってきたのを、夏美は視界の隅で確認したが、しゃべり続けるじいさんに答えるので精一杯だった。じいさんは棚の端から端まで並ぶ商品に思いつくままのことを声に出した。そのあいだに、一人はちらっと店内を眺めただけで出ていった。もう一人は、じいさんが見ているのとは反対側の棚のあたりを熱心に眺めているようだった。結局なにも買わなかったじいさんをドアのところまで見送って、夏美は棚のほうを振り返った。小柄な女のお客さんは、夏美に向かって胸の前に上げた両手を振った。

「おつかれー。おもしろいおじいちゃんだったね」

「たまちゃん！　全然気づかなかったよ」

「夏美ちゃん、えらいよね、わたしだったら絶対ああいう人めんどくさくなって逃げちゃうもん」

「だって、ここに一日中いると結構暇だからさ、実は来てくれるとうれしいんだよね。ほら、洋服屋で店員さんがすぐ洋服を畳みにくるじゃん。あの感じ。っていうか、たまちゃん、どしたの？　遠いのに」

「知り合いの妹さんがカフェをオープンするんだけど、わたしの絵を飾ってくれるっていうんで、納入してきた帰り」

水島珠子は、ここから五つほど先の駅から徒歩五分の、その古い木造家屋を改装したカフェの店内の雰囲気や玄米に野菜中心のメニューを簡単に説明した。そうそう、だいたいどこも似たようなインテリアでメニューだよね。

「カフェかー。すごいなー」

「夏美ちゃんもこのお店してるし」

「やー、品物並べて座ってるだけだよ。あっ、そうか、うちもたまちゃんの絵飾らせてもらったらいいんだ！　どう？　お願いしていい？　えーっと、ほらあの辺の壁とか寂しくない？　それか、たまちゃんがやりたいことあったら言ってよ、このテーブルに絵描くとか、壁全体とか？」

「いやいや、そんな大きいのは……」

珠子は笑ってしまってから、

「ありがとう」

と多少照れの混じった様子で言った。

「夏美ちゃんちの子どもが好きな動物とか、描こうか？」

「あさみがねずみが好きなんだけど」

「ねずみ……」

「かわいいやつのほうだよ、ビーバーっぽいの。みなみは、鳥が好きなの。鳥だったらなんでもいいらしくて、スズメでもカラスでもペリカンでもよろこぶんだ、変わってるよね。変わってない？　あ、写真見てよ、こないだ保育園でね」

夏美はカウンターに入り、ノートパソコンから伸びているマウスをかちかちとせわしなく操作した。画面には、保育園でみなみが描いたらしい虹色の鳥と真っ黒な鳥の絵が浮かび上がった。

「虹色のはあさみので、黒いのは自分のだって言うんだよ。普通、真っ黒なんてやだよね？　女の子って。えーっと、これは去年の運動会のときなんだけど……」

子どもたちの写真に合わせて夏美が語るそのときどきのエピソードに笑ったり驚いたりしながら、珠子は、夏美にほんとうに子どもがいる、という事実に感心していた。子どもがいるって、世界が全然違う感じなんだろうか。珠子は子どものころから自分が「お母さん」になるという将来像がちっとも浮かばなかったし、今もやっぱり自分とは縁のないことのように感じていた。

そのあいだにもお客さんの出入りは何人かあった。夏美がどのお客さんにも声を掛け、常連らしい人とは子どもやスーパーの特売の話までするのを、珠子はカウンターから眺めていた。

「夏美ちゃんって、お客さん商売向いてると思う」

「そうかな？　そう？　ほんと？　だったらもう少し売れてほしいな」

夏美は笑いながらも、お客さんたちが乱した雑貨の配列をすぐに元に戻し、床を軽く掃除し、また新しいお客さんの相手をした。

「お店するのもいいなー。わたし、ときどきバイトしたいなって思うよ。古本屋とか、そういうあんまり忙しくなさそうなとこで、本読んだりちょっと仕事したりしながら、さっきみたいに変わった人来たらおもしろそうだし。そんな都合のいい職場ないと思うけど」

「ほんと？　店番する？　一人で店やってるとなかなか買い物行けなくって」

夏美は真顔で返答した。珠子がきょとんとしていると、夏美はすごくいい提案だというふうに自分でうなずきながら続けた。

「うん、ほんと、お願いしたいの。明日、土曜日でしょ、みなみと同じクラスの子の家族とバーベキュー行くんだけど、それまでにみなみがどうしても友だちとお揃いのアリエルのポーチがほしいって言ってて、買いに行かなきゃって」

「でも、レジはどうするの」

「値段はみんな貼ってあるし、これ電卓みたいなもんだから。わかんなかったらとりあえず金額メモしてお釣りだけ渡しといてくれたらいいし。ここ押すと、開くから、ここ」

夏美が手を伸ばしてレジの右隅のボタンを押すと、ぽーんと音が鳴って引き出しが飛び出した。

「間違えても、うーん、一割ぐらいだったらだいじょうぶだよ」

そして夏美は自転車に乗って買い物に出かけ、珠子は店番をした。十分ほどのあいだに女のお客さんが三人、続けて入ってきた。だけど、誰もなにも買わなかった。珠子は、いらっしゃいませ、とは言ったがそれ以上は話しかけられなかったので、店の売り上げが悪くなるんじゃないかと心配して一人で反省していたが、そのあと誰も来ないので所在なく外を通る人たちを見ていた。夏至が近いので、通りはいつまでも真昼の明るさだった。

夏美の帰りが待ち遠しくなってきたころ、店の前にロードレースタイプの自転車が停まり、大きいリュックサックを背負った若い男が入ってきた。彼は、珠子の顔を見ると、意外そうな表情になり、ほかに誰もいないのが一目瞭然の店内を見回してから、聞いた。

「あのー、夏美さんは……」

「今ちょっと買い物出てて、もう十分もしたら戻ってくると思うんですけど」

「お店の……人？」

「いえ、友だちで、今だけちょっと店番を」

「そうか。びっくりしたよ、夏美さん一人だって聞いてたから」

長谷《はせ》川《がわ》和哉《かずや》と名乗った彼は、夏美の夫の直樹の後輩で近所に実家があってウェブ関係の仕事をしていて、無線LANがつながらなくなったから見に来てほしい、ついでに店のブログのページももっとかわいくしたい、という夏美の依頼で来たのだと自己紹介した。珠子のほうは、自分は夏美の友だちで近くまで来たから覗いたんだけど、直樹とそんなに自分のことを詳しくは言わなかった。珠子は夏美より一つ年上だから、直樹の後輩ということはすくなくとも二つ以上年下のはずだが、和哉は、童顔の珠子を年下だと思い込んでいるらしい。それが、どことなく気安い態度から珠子にも感じられた。

「そっち入って見ても、だいじょうぶかな。見るだけなんで」

「えーっと、たぶん」

珠子は戸惑いつつも、壁際に下がった。和哉はさっさとカウンターのいちばん奥に入って、ケーブルがつながった白くて四角い機械をひっくり返してみたりケーブルをたぐり寄せたりしていた。監視しなければならない責任を感じた珠子は、その手元や服装や持ち物を凝視した。床に置かれたリュックから、真新しいストラップの付いた一眼レフのカメラがのぞいているのに気づいて、聞いた。

「写真も撮ってるんですか？」

一通り確かめ終わったらしい和哉は、振り返ると立ち上がった。

「ああ、これね、最近趣味で工場とか廃墟巡りしてて。この向こうのとこにもうすぐ取り壊しちゃう団地があるんで、行って来たんすよ。見る？」

「あ、はい」

和哉はデジタルカメラの背面のモニターを珠子のほうに向けた。濁った灰色の団地や円筒形の貯水タンクの画像が次々に現れた。

「工場萌え」とか「団地萌え」ってやつか。珠子にとってはそんなに珍しいものでもない団地の光景を、へーとかわーとか一応の相槌を打ちながら見た。何十枚かの団地の画像の後には、湾岸の工場地帯が記録されていた。珠子が、

「こういうのうちの近所にもあるんですよねー。規模は小さいけど、鉄塔の形が変わってかっこいいやつとか」

と言うと、和哉はすぐに聞き返した。

「え、まじ？　どこ住んでるんすか？」

珠子は場所を説明した。

「ほんとに？　こないだから行こうってちょうど計画してた。あそこに住んでるんだ。いいなあ。団地も多いよね」

急に生き生きと話し出した和哉を見て、珠子は、あー、男の子って感じだな、と思った。

「あー、和哉くん、ごめーん！　完全に忘れてた。時間、だいじょうぶ？」

夏美の声が店内に響き渡り、珠子と和哉は顔を上げた。紙袋とレジ袋を二つずつ両手に提げた夏美は、小走りで店の奥へ移動しようとしてつまずいてよろめいたが、珠子が駆け寄って支えたので転ばずにすんだ。

それから和哉は無線ＬＡＮを開通させ、店のブログに対する夏美の希望を一通り聞き、そのあいだにもお客さんが何人か入ってきては出ていった。

四十分後、和哉は帰り際に珠子に言った。

「夏美さんの友だちさん、今度行きますから案内してよ」

珠子は、和哉を見上げた。悪い人ではなさそう。

「いいですよ。平日とかでもよければ」

を見比べてにやりとした。

「全然、おれ結構自由ですから」

夏美は、恋の始まりかしら、と、携帯電話を出してきて連絡先を交換する二人の顔を見比べてにやりとした。


二時間後、珠子は駅を降りて、自宅とは反対側の改札を出て、高架沿いに続く商店街を歩いていった。

店の前にはまだ暖簾《のれん》はかかっていなかった。「旬菜　喜楽」と書かれた、薄紫色の看板も明かりは消えていた。格子の引き戸を開けるとがらがらと音がした。珠子は、前にこの音を聞いたのが随分前のことのように思った。

「あら、珠子ちゃん。なんか久しぶりって感じだわね」

入ってすぐのカウンターに、松井《まつい》さんが座っていた。獅子唐や椎茸を竹串に刺している最中だった。お店の感じ、とまた思った。

「すいません、全然手伝わなくって」

「手伝うほど忙しくないから。はっきり言うと暇だね。珠子ちゃん来たらわたしがすることなくなっちまうよ。あ、京子《きょうこ》ちゃんに言わないでよ。あはは」

珠子の母より五つほど年上の松井さんは、ここに勤めてもう十年以上になる。珠子は学生のころや会社を辞めてまだイラストの仕事が少ないころはこの母の店にバイトしに来ていたので、松井さんは親戚のおばさんみたいな感じになっていた。バイト、といってもお客さんの相手をするのは苦手で、片づけ、お使い、掃除などの雑用を担当していた。

奥の厨房から水を流す音とタワシでなにかをこすっているような音が聞こえてきた。珠子は、母ではなく板前の辰夫《たつお》さんだと思った。どこがどうなのか説明はできないが、音が違う。

「これ、しづさんにって」

松井さんはカウンター越しに腕を伸ばし、中に置いてあった紙袋を取って珠子に渡した。中を覗くとどこかのお土産らしい味噌や佃煮やようかんがごっそり入っていた。

「あの」

「あー、京子ちゃんはね、角の小沢《おざわ》さんのだんなさんが急に亡くなったからお通夜出なくちゃいけないって。いったんウチに帰ってんじゃない?」

母から留守電に、店に寄って、と伝言が入っていたから来たのだが、それ以外のことはなにも言っていなかった。まあ、いつものことだ。

「そうですか。小沢さんって酒屋の」

「そうそう。もう、高齢化進んでるからね、この商店街も。日本中でどれくらい葬式ってやってるんだろ」

松井さんはからっとした声で笑い、作業を再開した。海老に紫蘇を巻いたものが、串に刺されていった。

「友だち連れてごはん食べに来てよ。賑やかしに」

「はい。今度、またゆっくり来ます」

珠子は厨房を覗いて辰夫さんに声を掛けて、そのまま勝手口から裏通りへ出た。向かいの店の植木鉢の陰で黒い猫が缶詰を食べていた。

エレベーターのない四階建ての団地が等間隔に並んでいるその真ん中の道を、珠子は突き当たりまで歩いた。奥にある公園の手前の、右側の棟の二階に目指す部屋があった。濁った暗い灰色の階段を上がり、何度も塗装を塗り替えた跡のある水色のドアの前に立ち、呼び鈴を押して、それからドアを手の甲で叩いた。ごんごん、という音がコンクリートに反響したが、しばらく待ってもそれ以外の音は聞こえなかった。鞄から携帯電話を取りだした。

「めずらしい人が来たよ」

振り返ると、祖母が階段を大儀そうに上ってきていた。

「先々週来たよ」

「いや、三週間前だね」

「記憶力いいね」

下駄箱を無理に置いて狭くなった玄関を通り抜けて、祖母の匂いのする部屋に入った。珠子が渡した紙袋を覗いて、しづは面倒くさそうな声を上げた。

「年寄りの一人暮らしにこの量はないだろ。珠子、半分持って帰れば」

「うん。お茶、淹れていい？」

珠子はやかんに水を入れて、コンロにかけた。台所は、小柄な珠子が一人立つだけでも狭苦しくなる空間しかなかった。しづがベランダに面した窓を開けると、赤ちゃんの泣く声が聞こえ、続けて女の人が誰かをしつこく呼ぶ声が聞こえてきた。

「賑やかだね。隣？」

「下、下。うるさくってしょうがないよ。娘が、まだ十八ぐらいなんだけどさ、子ども産んでその旦那だか彼氏だかも転がり込んじゃって。どうやって住んでんだろうね、この狭い部屋に。珠子も、変な男とくっつくぐらいだったら、結婚なんかしないほうがいいよ。ウチの家系は男運ないから」

しづは、窓際に置いたオレンジ色のプラスチックのロッキングチェアに腰を下ろした。七十二歳の祖母は床に座るのが好きではなくて、モダンな家具が好きだった。珠子が生まれる前からこの部屋に住んでいる。

「そうねー」

「仕事、ちゃんとやってるんだろ」

祖母は丸いテーブルの上の煙草に手を伸ばし、一本抜き取ってマッチで火を点けた。火薬の匂いが、少し漂った。

「それなりに」

「今度、雑誌かなんか持ってきなよ。自慢しとくから」

「ありがと」

自慢って、誰にだろ。

「お茶、いる?」

「コーヒー。そっち、緑のほうね」

しづの吐き出した煙は、茶色が浸み込んだ天井に吸い込まれていった。珠子は、食器棚から湯呑みとマグカップを取り出した。

「珠子、後ろ姿があんたのお父さんに似てるよ。いつのまに」

背中に聞こえた祖母のつぶやきを、自分の中で反芻《はんすう》してから、珠子はゆっくり振り返った。しづはオレンジ色のロッキングチェアにもたれてわずかに揺れながら、窓際に置かれたテレビのほうを向いていた。ベランダの外はまだ明るくて、しづの姿はほとんど映っていなかった。

珠子は緑色の包みをちぎり、コーヒーの簡易ドリップを組立てて、やかんからゆっくりお湯を注いだ。焦げ茶色の粉に薄茶色の泡が立ち、焦げたパンみたいな匂いが広がった。似てると言われても、比べるべき姿が、珠子の記憶には残っていなかった。

かおりは、スポーツジム内の大きな浴槽に浸かって、ジェットバスの気泡が水面を揺らしては弾けていくのを、じっと眺めていた。二か月ほど前にはりきって入会した駅前のスポーツジムには、最初の二週間は熱心に来たが、そのあとは週に一回が精一杯になり、今日は二週間ぶりだった。

顎の下まで透明なお湯に沈み、浴槽の縁にもたれた。やけに明るい照明が、スポットライトのように湯船に差していた。今日はほんとに疲れた、とかおりは両腕を前に思いっきり伸ばした。その腕の前方で、色白でよく太った五十代ぐらいの女の人がゆっくりと湯船に入ってきた。背中にもお尻にも胴回りにも乳房にも、たっぷり脂肪がついて皺が寄っていた。彼女がしゃがむとお湯の表面が波のように揺れ、縁から溢れた。

楊貴妃の詩でこういうの、高校で習ったなあ、と揺れ続ける水面を目で追いながらかおりは思った。正確なところは忘れたけど、白いぷよぷよの肌と溢れる温泉のイメージだけは、鮮烈に残っていた。顔を上げると、骨格がしっかりして背の高い女の人がサウナに入っていき、そのうしろを重そうなほど大きな乳房と細い腰とがバランスの悪い若い女の子が、外にある露天風呂へすたすた歩いていった。

あまりじろじろ見ることはできないが、ジムに入会していちばんおもしろかったことは、この大浴場かもしれない、とかおりは思った。世の中にこんなにいろんな体型の人がいるなんて！

子どものころから父の転勤で引っ越しは多かったが、いつも新興住宅地ばかりで、銭湯というものに今まで一度も行ったことがなかった。修学旅行のお風呂では同い年の女の子たちだけでけん制し合ってこそこそしていたし、この風呂場の、お互い見知らぬ人だからこそ油断して裸のままうろうろしている感じが、かおりには自由で新鮮に思えた。そして、今まで見て来た女優やグラビアアイドルの体型は、やっぱり特別な一部の人だけで、しかも整って見えるように撮影しているんだなあ、と実感した。

もっと若い、たとえば中学生ぐらいで思春期まっただ中の悩み多き女子たちに、このいろんな年代の女の人たちの姿を見てもらえば、いろいろ気持ちが楽になるんじゃないだろうか、そうだ、中学の課外授業に銭湯を取り入れたらいいんだ、と勝手な考えをしばらく巡らせていた。

蒸気で白っぽく煙る空間には、水音があちこちから響き、種類の違うシャンプーの匂いが漂っていた。


「ちーがーうーのー！　いーやー！」

台所の床に座り込んだまま、ピンクのポーチを放り投げて泣き叫ぶみなみを前にして、夏美は我ながら自分のそそっかしさを笑いたいのをこらえていた。ピンクのポーチの表面でなまめかしく笑っているのは、人魚姫アリエルではなく、「美女と野獣」のベルだった。もともとディズニーの女の子の絵柄って好きじゃないからなー。たいして変わらないと思うんだけど。

「うわあー」

みなみは座り込んで、この世の終わりみたいに涙を大量に流しながら泣いていた。

「ごめん、ほんとにごめんってば」

「なんで間違えちゃったの？　あさみにもすぐわかるよ。全然違うのに」

ソファに座って静観していたあさみが立っていって、うち捨てられたポーチを拾いあげた。

「じゃ、あさみが使ってもいい？　もーらい」

と言ったのが聞こえ、みなみは泣きやんで涙の溜まった赤い目で姉のほうを見た。

七月の土曜日　とにかく暑い

川が緩やかにカーブしている場所に工場の建物が並んでいた。円柱型のタンクが整列し、その向こうには鉄塔があって、太陽の光を反射していた。川の対岸の堤防の手前の歩道橋からその工場までは、結構な距離があった。

よく見えるから近い気がする、と思いながら、水島珠子は帽子のつばを直した。顔に日光の熱を感じるたび、天気予報が外れたことを恨めしく思っていた。曇りでにわか雨があるかも、と予報士は言ったが晴れて、暑い。

長谷川和哉は、欄干にもたれて身を乗り出し、望遠レンズのついた一眼レフのデジタルカメラを工場のほうに向けていた。錆色と灰色の配管が縦横に這う真ん中の建物を狙っているらしい。

「ベストポイントだなあ、ここ」

人工的に作られた軽いシャッター音は、下の道路を行き交う車の音にかき消されていた。モニター画面を確認して満足そうな顔をしてはまたシャッターを押す和哉のうしろで、珠子は対岸を眺めた。工場も鉄塔も久しぶりに見た。

「いい写真、撮れそう？」

堤防沿いの道をトラックがゆっくり走っていった。ミニカーみたい、と珠子は目で追った。対岸は工場の敷地内で関係者以外立ち入り禁止だから、この歩道橋の上から見渡すのがいちばんいいということを、小中学生のころはときどき川のほうまで遊びに来た珠子はよく知っていた。そう言えば四年か五年生のとき堤防でばかでかいラジカセを拾ったけど、あれって誰が持って帰ったんだっけ、と記憶を辿っていた。工場の向こうには、大きなマンションが建っていた。つい最近と思っていたが考えてみればできたのは十年以上前だったので、珠子は自分の年齢を急に実感した。

珠子とこの場所の歴史などまったく知らない和哉は、暑さも日差しも気にせずにカメラを覗いていた。Tシャツの背中に汗を滲ませ帽子もかぶらない髪を川からの風に吹かれながら、はしゃいだ声で答えた。

「ああ、もうばっちり。おれ、こういうちょっと地味系のほうが好きなんすよね。メジャーどころのすげーやつってみんな行くし、観光地化してて。やっぱり工場って、さびれて時代遅れな感じがいいと思うんだよね。もの哀しさが漂ってるっていうか」

「……へえー」

珠子は、対岸を見た。工場のちょうど真ん中にそびえる鉄塔の形が珍しいので、和哉がよくチェックしてる工場写真のサイトに載ってるらしい。堤防にも一人、三脚を立てている男が見えた。人気のない堤防の上にぽつんと立つそのシルエットを、手持ちぶさたの珠子はぼんやり見ていた。みんな暇なのかな、というか、暇の使い方が人それぞれってことか。珠子は日差しの眩しさに目を瞬《またた》かせ、日よけのために着てきた生地の薄いパーカの裾を振って溜まった熱を逃がした。とにかく暑かった。

モニターで撮った写真をチェックしていた和哉は、振り返って、ようやく珠子の表情に気づいた。

「あっ、暑いっすよね。すいません、おれつい必死になっちゃって。かなり撮れたし、戻ろうか」

「あ、いえ、だいじょうぶだけど」

珠子は、反射的に答えた。つい言ってしまう「だいじょうぶ」ってなんなんだろ、と思いつつ、和哉が気づいてくれたことにほっとして、

「そろそろバスの時間だから」

と言ってわざとらしく携帯電話の時計を確認した。

歩道橋を下りて堤防沿いの道をバス停まで歩いた。ほんとうにすぐに来たバスは空いていて、乗り込んだ瞬間に冷房の効いた空気に取り囲まれた。いちばん後ろの一段高くなった席に並んで座ると、和哉は大事そうに持ったカメラのモニターをまた確認し、珠子に向かって微笑んだ。

「ありがとう。いいところ教えてくれて」

珠子は、素直な感じの人だな、と思った。最近こういうタイプの男の人に会っていなかった気がする。いや、男の人に会う機会自体めったになかったのか。だからこそ、夏美もこの人と連絡をとる橋渡し的なことをしてくれたんだよね。運転の荒いバスは、交差点から幹線道路へと出た。運送会社のトラックが行き交う幅の広いまっすぐな道路の両側には、古いマンションや倉庫、広い駐車場のあるチェーン店がばらばらに並び、全体としては味気ない風景を形作っていた。

「景色、違うなあ」

窓の外を見たまま、和哉が独り言のように言った。

「東京じゃないとこに来た感じ」

和哉の言葉は、遠いところへ旅行に来た人のような、おもしろがっているような、よそよそしい響きだ、と珠子は思った。和哉がずっと住んでいるという街の風景を思い浮かべた。低層のマンションや戸建てが並ぶ中に大きな公園の木々がもこもこと茂る、夏美と同じ沿線の街。

「東京は広いから」

珠子は、このへんのほうが昔から「東京」だったと思うけど、と言いたかったが代わりにそう言って、和哉が見ているのとは反対側の窓から外を見た。

「あそこ、屋上の物干し台に植木がいっぱい置いてあるの、見えるかな？　わたし、ああいうの好きなんですよね」

珠子は、仕事相手でも友だちでもない三つ年下の男に対してどのモードで話せばいいのかまだ定まらなくて、なにか言うたびに軽く緊張した。夏美からの電話で「和哉くんはいい子だから」とやたらと強調されたことも影響していた。

「そこの家に住んでる人の頭の中身がわかるみたいな気がするっていうか。植物が手に負えなくなってる感じもいいし」

「ああ、なるほど」

和哉は曖昧に返事をした。

バスは誰もいないバス停を通り過ぎて、廃業したガソリンスタンドがそのままになっている角を右折した。

春日井夏美は、店に入ってきた中学生らしき女の子たち三人を眺めていた。女の子たちは三人とも、揃えてきたようにそっくりのノースリーブとショートパンツからひょろ長い腕と脚が伸びていた。土曜日なので、さっきも中学生が来た。来週には夏休みが始まる。

「まゆちゃん、これ似合うよ」

「わたし、こっちがいい」

「えー、絶対ピンクじゃん」

三人は、フェルトの花がついたシュシュをお互いの髪に合わせ、鏡を覗き込んではからからした声で笑っていた。

「かわいいー」

「かわいいよねー」

「ほしい」

自分が選んで置いているものが女の子たちの関心を集めていることに、夏美は単純に気分をよくしていた。女の子たちは少しずつ移動しながら今度は和柄のてぬぐいを端から順に広げて、そこに描かれた魚の絵を見て笑い転げた。妙に目がぱっちりした魚ではあるが、そんなに笑えるって若さってすごいな、と夏美はほほえましく思っていた。わたしたちのころはあんなにかわいい洋服ってあんまり売ってなかったなあ、と彼女たちの水玉やキラキラした素材のノースリーブを少し羨ましいと思った。ドアが勢いよく開き、顔見知りのおばさんが、

「あー、涼しいわ。生き返る」

と言いながら入ってきた。夏美はレジカウンターを出て、中学生の女の子たちが見ているのとはちょうど反対側の棚の食器を見始めたおばさんに、新入荷の茶色いホーローのミルクパンを勧めてみた。

本田かおりはベランダから空を見上げ、西のほうに真っ白な雲の塊がせり上がってきているのに気づいて、夏だなあ、と思った。洗ったタオルケットを広げると新しく買ってきた柔軟剤の匂いがした。裏手のマンションのいくつかのベランダにも布団が干されていて、その白さによっていつもよりも風景がまぶしく見えた。外側の棹にベージュのタオルケットを干し、手前の棹にTシャツや準之助のジャージがぶら下がっ

たハンガーを並べていった。洗濯は洗う、干す、畳むのどの工程も好きだが、こういう天気のいい日はやっぱり「干す」がいちばん楽しい。窓は全開になっていて、日が差し込んでいる室内からFMラジオのDJの声が聞こえていた。準之助は早朝から出かけていて、今日は洗濯と掃除をしよう、と起きた瞬間に決めたのだった。洗濯機は三度回した。

ここからは見えない表の道路から、母親が子どもに怒鳴る声が聞こえてきた。早くしてよ、置いていっちゃうからね、いいかげんにしなさい。こんなにいい天気なのに暑さでいらいらしてるのかしら、とかおりは思いながら、籠からTシャツを取り上げて、掌をいっぱいに使ってはたいた。

珠子と和哉は、駅から続く商店街の端にさしかかったところで、バスを降りた。商店街といっても駅から離れたこのあたりは平日なら閑散としているのだが、土曜日なのでベビーカーを押した若い夫婦や小学生らしき男の子たちも結構歩いていた。

「なにか、食べます？」

珠子は言った。首からカメラをぶら下げたままの和哉が珠子を見下ろした。

「ああ、そうだよね。おすすめとかある？」

「……どういう感じが、いいのかな」

珠子はぎこちなささをずっと引きずっていて、何を食べにいけばいいのかも見当がつかなかった。

「やっぱ、こういうとこならではの、もんじゃまでいっちゃうとベタすぎて危険かもだけど、昼間からプロレタリアなおっちゃんが飲んでるみたいな渋い店とか、好きなんだけど」

ベタすぎて危険、ってなんだろ、と珠子は思いつつ、物珍しそうに左右の店、シャッターが下りたまま古い看板だけが残っている建物を見回している和哉に、提案した。

「煮込みがおいしい店ならあるけど。やきとりもあって」

「それそれ！　連れてってくださいよ」

和哉はぱっと明るい顔で笑った。

珠子は少なくとも二年くらいは行っていないその店の記憶をたぐりながら、駅の方角へ歩いた。マンションや新しい建て売り住宅の隙間に古い木造家屋や小さい台に惣菜をぎっしり並べた店なんかを見つけるたび、和哉はカメラを構えた。

「おー、いいねえ。写真撮るとこたくさんあるな」

喜んでいる様子を見ると、珠子もそれなりにおもしろいところを教えたいという気持ちになった。

「あの看板、子どものころから好きで」

毛筆で書かれた履物屋の看板を指差すと、和哉はそれも写真に撮った。駅に近づくにつれてちゃんと開いている店が増え、人も増えた。等間隔で並ぶ街灯には、プラスチック製の飾りがぶら下がっていた。

「なんか急に白い店が」

和哉が言った。角には、真っ白い壁に大きなガラス窓のカフェがあった。店の前に置かれた銀色の丸いテーブルとプラスチックの赤い椅子では、トイプードルを連れた女の人がアイスコーヒーを飲んでいた。

「ここ、先月できたばっかりで……」

「いらないよね、ここには」

すぐに和哉が言った。珠子が振り向くと、和哉は無表情に見ていたカフェからさっさと視線を逸らし、歩き出した。

「こういうひなびた街の良さがわかってないっていうか。あんな内装のカフェなんかどこにでもあるんだからさ、おっちゃんばっかかの飲み屋とか三十年ぐらい時間止まってるみたいな食堂とか、貴重な遺産をだいじにしてほしいよね。わかってないよなー」

そう言ってカメラを雨戸が閉まったままの元布団屋に向けた。いつから閉まっているのか珠子は思い出せなかったが、少なくとも開いていた状態の記憶はあった。背中の丸いおばあさんがいつも座っていた。

「まあ、それはそうだけど……」

珠子はもう一度カフェのほうを振り返った。開いたままのドアのところから見えるカウンターでは長髪を束ねた男の店員が、エスプレッソマシーンでコーヒーを淹れているのも見えた。珠子も、二週間前にできたばかりのこの店に入ってみたとき、好きなタイプの内装じゃないと思った。あの店員も妙に気取ったところがあると思った。だけど。

だけど、なんで、この街に今日初めて来たこの人に、こんなことを言われなくてはならないのか。

釈然としない気持ちを抱えたまま、珠子は右に曲がって商店街の支流を進み、一本裏の通りに出ると、目指している店があった。店の前にもテーブルと丸椅子が出してあって、そこでおっちゃんが二人、焼き鳥をかじりながらビールを飲んでいた。開けっ放しの戸口からは、太い黒マジックで品名を書いた短冊がずらっと貼り付けられた壁が見えた。

「おおー、いいっすねえ。昭和だ、昭和」

和哉が大きな声で言うので、焼き鳥をかじっていたおっちゃんたちがこっちを見た。店の前の植木は妙に伸びて、雨樋に蔓を絡ませていた。

「こういうのでいいんだよ、こういうので」

満足そうに頷く和哉のうしろについて、珠子は、帰りたい、と思いながら、懐かしい匂いのする店に入った。


夏美は、友だちの子どもの誕生日にと木製の汽車のおもちゃを買ってくれた背の高い女の人をドアのところまで見送って、誰もいなくなった店の中を見回した。今日は朝から途切れずにお客さんが来た。喜ばしいことだったけれど、人数のわりには売り上げはそんなでもないなあ、と思いながら端から商品を並べ直していった。左側の棚のいちばん奥のアクセサリーが並んだガラスケースの周りを整頓していて、手が止まった。

ふた付きの薄いガラスケースの中には、ピアスとネックレスを置いていた。その右側にはシュシュや飾りつきの髪留め、左側にはアンティークふうのボタンがガラスの小皿に種類別に分けてある。

夏美は、一目瞭然のガラスケースの中身を、指先で確認しながら数えた。中のピアスは、今朝までは六つあった。今は、五つ。細い金色の鎖と雫型のクリスタルを合わせたデザインのが、ない。フェルトの花がついたシュシュも、ピンクと薄紫の組み合わせのが二つあったはずなのに、二つとも、ない。

夏美は振り返って、自分以外誰もいない四角い空間を見渡した。エアコンの風を吹き出す音が、急に大きくなった。


掃除機をかけ終わったかおりは、ベランダに面した窓を閉めてエアコンのスイッチを入れた。鞄から昨日仕事帰りに買ってきたＣＤを取り出して、透明のセロファンを剝いた。すんなりきれいに剝けたので、ちょっとうれしくなった。

テレビの横の、本を詰め込んだ小さな棚の前にしゃがみ、どれにしようか散々迷ってから『コンゴ・ジャーニー』というタイトルの厚い単行本を取りだした。上巻の三分の一くらい読んだところで中断してほったらかしになっていたので、今日は再開するのに絶好だろうと思った。この蒸し暑さは、コンゴの密林に幻の恐竜を探しに行く冒険記を読むには合っている。

ローテーブルには、アイスティーのグラスを置いた。横のポットにもまだなみなみと入っていて、三杯分はお代わりできそうだった。なんか、完璧。

かおりは一人でうなずき、薄いカーテンを引いた窓辺にもたれて座り、明るい日差しで『コンゴ・ジャーニー』のしおり紐が挟まったページを開いた。

四時過ぎに、夏美の夫の直樹が子どもたちを連れて「Wonder Three」にやってきた。太郎は車に乗った途端に寝てしまったらしく、直樹に抱かれて頭を妙な方向に曲げたまま熟睡していた。二週間ぶりに店に来たあさみとみなみは、新商品を見つけては喜んでいた。その十五分ほど前から客足は途切れていた。

直樹は、だいぶん重くなってずり落ちてくる太郎を抱き直し、少し苛立ちの混じった声で言った。

「絶対にその子たちだっていう、証拠がある訳じゃないんだろ」

「そうだけど、ほかのお客さんとは全員話してたし、あの子たち、ずっとそこの前にいたんだもん」

夏美は狭い通路を落ちつきなく行ったり来たりしていた。

「前も同じようなもん盗《と》られたことあったじゃん。店やるんだったら万引きなんか前提だろ。そういう細々したもんは、レジ前とかに置いとけって言ったのに」

夏美は憮然とした顔で、アクセサリーケースを見た。そんなこと、確認されなくたってわたしがいちばんよくわかってる。わかってるから、こういう気分なんじゃない。

「でもこのケース留め金もついてるし」

「鍵はないだろ」

「あれ、いちばん高かったんだよ。三千円だよ。なんでそれ選ぶんだろ。高いから盗るってこと？」

「盗られてからうじうじ言うなって。なんか対策考えろよ。やっぱ防犯カメラかなんかつけたほうがいいんじゃない？　形だけでも」

直樹にはわかってない、と夏美は思った。はっきり言わないからわからないのは当たり前だったが、夏美が落ち込んでいるのは、盗られた品物のことはもちろんだったが、なによりも中学生の、それも一年か二年生に見えたあの女の子たちが盗んだ、ということだった。直樹が言うように目撃したわけでも証拠があるわけでもないが、確信はあった。あの子たちの、楽しげな、毎日おもしろいことばっかりみたいな、あの感じ。あの子たちは、楽しかった。だから、絶対に、そうだ。

直樹のほうもため息をつき、入口脇に置いていたベビーカーに太郎を下ろした。太郎は丸くて白い頬をますますぷっくりさせたまま、まったく動かないで眠っていた。

「おかあさーん」

夏美が振り返ると、あさみが小さな木製の手鏡を差しだしていた。

「ねえ、これ、もっときらきらにデコったらいいのに。ピンクとかハートとかかわいいのつけてよ」

白木の裏面には焦げ茶色のウサギのシルエットが焼き印されていた。

「おかあさんは、そういうのあんまり好きじゃないの」

「えー、なんできらきらにしないの。フツーみんなそうだよ。おかあさん、変なの」

「あのね、売り物なんだから、べたべた触らないで」

夏美があさみの手から手鏡を取り上げると、直樹が、

「子どもに当たるなよ」

と大きな声を出した。直樹と夏美の顔を見比べたあさみは、夏美とは反対の方向へ

わざとらしく顔を逸らした。

「おかあさん、おとうさんに怒られてるんだ。いいよ、わたし、みなみと遊ぶもん」

それから店の奥のカーテンの見本が置いてあるコーナーで、みなみとケーキ屋さんごっこを始めた。夏美は家族みんなに責められた気分になったのがいやで、アクセサリーケースをカウンターの下にしまって、商品の位置を直し始めた。

みなみもあさみも、すぐにあれぐらいの年になる、と髪飾りの位置を変えながら夏美は思った。あさみは来年小学校だし、最近はしゃべりかたもそのへんの女の子と変わらなくなってきた。だんだん自分にわからない部分が増えて、もちろんそれが成長ってことでもあるし楽しみでもある。自分自身も覚えのあることでしょう、たいしたことないよと言われればそれまでだとも思う。だけど、やっぱりどこかでこわいと思うこともある。さっき一瞬、あさみが昼間の中学生たちと遠くでつながっている感じがしてしまって、自分の子どもに対してそんなふうに思ってしまったことが、なにより夏美を落ち込ませた。

夏美の表情がますます暗くなったのを見て、直樹は手持ちぶさたな様子でベビーカーを前後に揺らしながら、さっきとは違う、子どもに言い聞かせるような口調で言った。

「まあ、とにかく、高くてちっちゃいものはあっちのカウンターに鍵かけて置くことにしようよ。最初から盗るつもりじゃなくても、目が届かないと思うとそういう出来心が湧いてくるのかもしれないし」

「……そうだね」

夏美が顔を上げると、ガラスの向こうに蛍光ピンクの自転車が停まるのが見えた。

「こんちはー。あ、全員集合じゃないっすか。おおーっ、みんな大きくなって」

賑やかな声といっしょに、和哉がリュックとヘルメットをぶら下げて入ってきた。夏美は、この場と無関係に明るい和哉が来て助かったと思い、笑顔を作った。直樹も久しぶりに和哉に会って近況を報告し合ったり軽い冗談も言ったりし始めたので、夏美はほっとした。あさみとみなみも、店内の空気が変わったことを敏感に察知し、新しい来客のもとへ挨拶をしにいった。

しゃがんで子どもにおもしろい顔をしてみせる和哉を見て、夏美は、和哉くんの素直な感じって昔から変わらないなあ、と思った。きっとたまちゃんも今日は楽しく過ごしてくれたに違いない。

「和哉くん今日、たまちゃんの近所に工場の写真撮りに行ってたんだよね」

和哉は顔を上げ、子どもたちに向けていた愛想笑いのままで答えた。

「あ、水島さんが、またここに遊びにくるって、言ってました」

「どうだった？　楽しかった？」

和哉は子どもたちの相手を続けながら言った。

「おもしろいとこだった。工場も写真はかなりいいのが撮れたし」

続きを待ったが次の言葉が発せられないので、せっかちに夏美は聞いた。

「たまちゃんは？　楽しそうだった？」

「すごい親切に案内してくれて、もつ煮込みの店も連れてってくれて」

和哉はそこでいったん言葉を切り、夏美を見てから言った。

「……なんていうか、ちょっと変わってるよね、水島さんて」

「そうそう、たまちゃんて学生のときからみんなが知らないような変わった映画とか教えてくれて、洋服もどこで見つけてくるのかたまちゃんしか似合わないって感じのかわいいのを着てるんだよね」

「変わってる」をいいほうの「個性的」という意味に取った夏美は、珠子の「個性」をアピールしようとはしゃいだ口調で説明した。和哉は、どう返答しようか一瞬迷ったものの、

「そうっすか」

とだけ言って、昼間いっしょに歩いていた珠子のつまらなそうにしていた顔を思い浮かべて、もう会うことはないだろうと思った。

夏美は和哉の中途半端な反応が多少はひっかかり、あとで珠子に聞いてみなければと思った。

続けて三人ほど客が入ってきて、夏美がその相手をしているあいだに、直樹は和哉を見送りに店の表へ出た。

直樹は、走り去っていく自転車の細いタイヤを見送ってから、振り返って店の中を覗いた。ガラス戸の向こうで、夏美が年配の女のお客さんと楽しそうに話しているのが見えた。奥のテーブルでは、あさみとみなみが画用紙を折ったものを渡し合っては笑っていた。

かおりは取り込んだ洗濯物とタオルケットの山の上に倒れ込んでみた。からからに乾いた布にはまだ太陽の熱が残っていて、ふんわりと暖かかった。昼間は洗濯物は干すときがいちばん好きだと思ったけど、取り込んだこの瞬間もやっぱり好き！　と俯《うつぶ》せに転がったまま、しばらく充実感を味わった。

きっちりと大きさを揃えて畳んだ洗濯物を積み上げて、これが終わったらごはんを作って、録画しておいた古代遺跡発掘のドキュメンタリーを見ながら食べよう、と考えていた。

珠子は、いつものように迎えに来た光絵と並んで歩いた。電車の高架沿いに続く商店街の空気は、焼鳥屋から出る煙で白っぽく濁っていた。五時を過ぎたばかりで、まだじゅうぶん青い空の下で、夏の夕方の暑さの残りと涼しさの気配が混じり合った風が、鳥が焼けていく匂いを遠くまで漂わせていた。珠子より先に、光絵が紫色の暖簾の掛かった引き戸を開けた。

「いらっしゃい」

まだ誰も客のいない店内に、声が響いた。入ってきた客の顔を確かめた途端に、珠子の母の京子は、数年ぶりの再会にもかかわらず前置きなしに言った。

「光絵ちゃん、なんだか雰囲気変わったわね」

厨房から出てきた松井さんが、大げさに驚いた顔を見せた。

「あーらら、いらっしゃい。随分と久しぶりじゃない。ほんと、ぐっと女っぽくなったような」

「光絵ちゃんね、離婚して苦労したのよ」

「もうー、はっきり言いすぎですよ。出戻り記念にお刺身ごちそうしてください」

光絵は、けっこうな勢いで京子の肩を叩いて、さっさと手前の席に座った。後ろに立っていた珠子は、光絵とお母さんてわたしより仲いいかも、昔から、と思った。

「刺身ぐらいでいいの？ いちばんいい席あけたげるから、こっちに座りなよ」

京子は妙に浮かれた動作で座敷席の奥のテーブルを片づけて、二人を案内した。出された麦茶を一気飲みしてから、光絵が言った。

「おばさん、若返ったんじゃない？」

「毎日見てるからわかんない」

「家族だね」

「家族」

珠子は単語だけを繰り返してみたが、そのあとにつながる言葉が特に思い浮かばなかったので、カウンター上の黒板に書かれた今日のおすすめメニューを読み上げた。

珠子と光絵がさんざん迷って決めた注文を聞き終えると、京子は珠子に、

「わたし、ちょっとおばあちゃんち行ってくるから」

と声を掛けて店を出てしまった。母は常にせわしない、と珠子は思った。

刺身の盛り合わせと冷奴と枝豆と茄子田楽をつまみにビールを飲み、珠子は光絵に、昼間に和哉を案内した一部始終を話した。

「なんかね、こういう街はボロいままでいいみたいな、そういう言い方なんだってば。カフェとか生意気だ、どうせじいちゃんばあちゃんしか来ねーだろ、っていう」

自分で言いながら、ま、ちょっと大げさか、と思いつつも、でもわたしはそれぐらい言われたような気分だったんだから、と開き直った。光絵は持ったままの箸の先で宙をつついた。

「あー、むかつくね、上から目線ってやつ？　写真は喜んで撮るくせに、住むのはいやだとか言い出すんだよ、そういうやつは」

「一瞬、出会いかもと思ったわたしが浅はかだったよ。男運ないからなー、ウチの家系は」

「運のうちに入らないって、そんな男」

「そうだよね」

「たまちゃんが男運ないのは知ってるけどねー」

光絵が結婚する前、この店でちょくちょく二人で飲んでいた時期、珠子は知人の結婚パーティーで名刺交換した自称アートディレクターの男が夜中にかけてくる電話に悩まされていた。彼は、珠子の絵をろくに見てもいないのに、出版社や広告代理店に売り込み、自分といっしょに仕事をすれば絶対に成功するというようなことを電話で話し続けてなかなか切らせてくれなかった。事情を知らない人には「彼氏」と思い込まれてしまうし、家に菓子折りが送られてきたりもしたが、三か月ほどで歌手志望のもっと若い女の子に関心が移ったらしく、突然連絡が途絶えた。その前につき合いかけた男は別の女の子とできちゃった結婚してしまったし、そのあとも多少いいなと思う人はいても恋愛に発展することはなく、祖母や母が「男運が悪い」のと違ってわたしの「男運」は単に「ない」のかも、と思う。

光絵は生ビールのお代わりを大きな声で注文して、枝豆の最後のひと莢を口に入れた。

「人のことは言えませんけど」

「運、とか思ってる時点でダメなのかも」

「たまちゃんはすぐ、ダメダメ言う」

「それがダメなのかな」

珠子が真顔で言い、光絵は声をあげて笑った。

近所の主婦らしき女の人たち、といっても珠子や光絵よりも若そうな四人が入ってきて、一つ置いた向こうのテーブルについた。

「……で、会社辞めたことにして失業保険もらってるんだってさ。月十五万だよ。普通に働くのがばからしいよね」

「親のほうは株で儲けたらしいよ。あの川沿いにできたタワーマンションに住んでるんでしょ。ベンツ乗ってんの、見た。いかにも成金な銀色のやつ。趣味わりー」

店に入る前からしていた会話の続きを大声で話しながら、彼女たちも全員生ビールを注文し、食べ物も大量に頼んだ。皆、明るすぎる髪の色で、化粧は濃いのが二人、すっぴんで眉毛もほとんどないのが二人に分かれていた。

「山本さんなんて、給食費も踏み倒してるんだから。真面目に払ってるウチら、なんなの」

「払わなくていいってことだよね。健康保険も逃げ得らしいじゃん」

それから話は「公務員がいかに優遇されているか」に移っていった。天下り、官僚、公務員宿舎、優遇などの単語が並び、ワイドショー的なニュース番組で繰り返し放送されているのをそのままなぞったような会話が続いた。とにかく、誰かが得をしていて、わたしたちは損をしている、という内容だった。

光絵もちらちらと彼女たちのほうを見ていることに気づいて、珠子は二杯目の梅酒ソーダ割りのグラスを握ったままゆっくり言った。

「ああいうのって、自分も言うんだけどね。でも、人が言ってるの聞くとなんかやな感じっていうか、どっちかっていうと怖いっていうか、そう思うのはなんでなのかな?」

「次は自分が言われそうだから、じゃない?」

光絵は、そこで言葉を切ってビールを飲み干してから、続けた。

「ちょっとでも自分たちと違うところがあると、引きずり下ろそうとするんだよ」

光絵は光絵の思っていることについて話している、と珠子は感じた。光絵が経験してきたことについて、話している。珠子は、壁の額縁を意味なく見上げた。墨絵で梅が描いてある。珠子が小学生のころから掛けっぱなしだった。梅酒を一口飲んで、珠子は言った。

「自分も同じようなこと言ってるんだろうな。わたしってほんと……」

自分たちの会話も、隣のテーブルの他人が聞いたらどこにでもあるくだらない、聞き飽きたことなんだろう、と思った。

「だーかーらー、自分のことダメって思ったらダメだって」

光絵はまた笑って、松井さんにほっけの開きを頼んだ。

準之助が帰ってきたのは、夜中の一時を過ぎてからだった。ゲスト参加している劇団の公演があり、今日はその初日だった。準之助がドアを開けると、明るい部屋からテレビの音声が聞こえてきた。かおりが普段見ないような、うるさいだけのお笑い芸人が出演している番組なので、珍しいなと思いながら部屋に入ると、畳んだ洗濯物に囲まれて、かおりが眠っていた。準之助が立ったままじっと見ていると、その影にかおりが気づいて目を開けた。

「ああ、おかえり」

かおりが上半身を起こしかけると、

「いいよいいよ、寝てて」

と準之助は慌てて言った。

「うーん、喉渇いたし。ていうか、背中痛い」

かおりはふらつきながら台所へ行って、やかんに水を入れてコンロに火をつけた。

準之助は、持って帰ってきた差し入れのお菓子を鞄から出してテーブルに並べた。まだ眠そうな顔であくびをして台所に立っているかおりに、準之助は聞いた。

「かおりちゃん、今日なにしてたの？」

かおりは振り返って、なんて答えようかほんの短い間考えた。洗濯、掃除、本読んで、ごはん作って、マヤ文明のミイラのドキュメンタリー見て、あ、ストレッチもしたなー、といろんな言葉が浮かんだが、こう答えた。

「なんにも」

換気扇に空気が吸い込まれていく音が響いていた。かおりは笑って、

「なーんにも、しなかった」

と言った。

八月、お盆休み　はるか南の海上には台風

本田かおりは、実家の広くてまっ白い玄関を見下ろしながら、携帯電話に向かってなるべく小さい声で短く答えた。

「もう一回洗ってくれたらいいから」

「ごめんなー、ほんま。なんや朝方ばらばらーって音してると思ってんけど、そのまま寝てもうて。さっき起きて見たら、まだタオルから滴がぽたぽたーって、こんな見事に濡れることもそうそうあらへんよなー」

電話の向こうの準之助はいつもとまったく変わらないのらくらした調子で、洗濯物を明け方のにわか雨に濡らしてしまった経緯を説明した。テレビのがしゃがしゃした音もうっすら聞こえた。東京の自分の部屋は、いつもと同じなんだな、とかおりは思った。自分は今、奈良にある実家にいる。

奈良、といっても大阪との県境に近い新興住宅地で「古都」のイメージとはほど遠

い、特徴のない街だった。転勤族だった父がここに家を買って落ち着いたのは十年ほど前のことで、それを機に東京で一人暮らしを始めたかおりはここに「住んだ」ことはなく、「実家」なのにずっとよそよそしさが消えなかった。父は今日も出勤らしい。かおりは振り返って、リビングに通じるドアを見た。さっき自分が開けたときの隙間がそのままになっている。この家ではドアや引き出しは必ず、ぴったりと閉まっているものなのに。母が閉めてまわるはずなのに……。

「もうわかったから。また夜電話する」

かおりは電話を切り上げた。そして、ドアの隙間にできた薄暗い影を気にしながら、用もないのに二階の部屋へ上がった。

そのドアの向こうには、かおりの予想通り母の実江《みえ》が立っていた。階段を上る足音を確認してから、台所に立ってガスコンロの掃除の続きを始めた。実江は、薄緑のゴム手袋をはめた手で五徳を磨きながら、やっぱり、とため息をついた。お正月に帰ったときにもこそこそ電話していたから気になっていたら、かおりが風呂に入っているときに鳴った携帯電話に聞いたことのある名前が表示された(開いて見たわけじゃないから、盗み見じゃないわよ)。職場の話の中で妙に登場回数が多くてひっかかっていた、課長の名前。お正月に電話してくるなんて、絶対おかしいと思っていたけど、やっぱりまだ関係が続いていたんだわ、と思い始めるとタワシを握る手に力が入った。

実はお正月のその電話は、たまたま本当に仕事上の急用で課長がかけてきたのだったのだが、実江は一度思い込むと修正が難しい性格で、準之助からの電話もすべてその課長に違いないと勘違いしていた。

ドアが開いて、かおりではなく、妹のさゆりが入ってきた。

「かおりちゃんは？」

「二階じゃない？」

実江はわざと顔を上げないで答えた。

「どっか行くって言ってた？」

「お友だちが来るらしいわよ、ほら、西田《にしだ》さんていたじゃない、中学の」

「あー、はいはい」

さゆりは冷蔵庫から自分で作っておいたアイスティーのピッチャーを取り出し、広々とした白いダイニングテーブルでグラスに注ぎながら、テレビをつけた。お昼前のニュースはどのチャンネルも同じような映像だった。のんきに遅い朝のひとときを過ごすさゆりの横顔を見て、実江はふたたびため息をついた。

自分の姉が「不倫」しているなんて知ったら、さゆりはショックを受けるに違いないわ、と気を揉んでいるのだった。

さゆりは、実江の顔を横目にちらっと確認してなにか不穏な気配が漂っているとわかったが、こういうのは気づかないことにしとくのがいちばんだ、と思ってアイスティーを飲み干した。


天井に向けた扇風機の音を聞きながら、水島珠子はどうにか起きあがって汗で張りついた前髪を手で分けた。

「暑い」

声に出してみると余計に蒸し暑く感じて後悔した。効きの悪いクーラーの唸りをうるさく感じ、時計を見るともう十二時近かった。机の上は当然、夜中に眠ったときとまったく同じに散らかっていて、乾かしている画用紙の部分以外は、鉛筆や筆やメモ帖、クリップ、リモコン、ツボ押しグッズ、写真、カッター、などが重なり合って転がっていた。湿ったTシャツを着替え、階段を下りた。一日中ほとんど日陰の一階は多少涼しかった。母の京子がいた。一応椅子に腰掛けてはいるが、上半身をべったりテーブルに寝かせてつっぷしていた。

「おはよ」

一応声を掛けたが、返事がない。脇を通って冷蔵庫を開け、冷えた健康茶を飲んだ。

「なんもしたくない」

背後で京子の声が聞こえた。

またか。と、珠子は思った。テーブルの上にだらーんと投げ出された京子の腕は、黄色っぽく見えた。ちょっと痩せたかも。顔はウエーブのついた髪に隠れて見えなかった。

「めんどくさいなー」

京子のつぶやきは、ほとんどうめき声に近かった。珠子は鍋に卵を入れて、水を注いだ。透明の水が溜まっていくのを見ながら、寝る前に描いていた洋食器の絵を思い浮かべていた。短編小説の挿絵だった。その小説に出てくる家族は、ピアニストである祖父のお気に入りの老舗レストランで集まって食事をし、家族の誕生日には長い名前の洋菓子屋の特注ケーキを食べ、夏休みには大型犬を車に乗せて河原でバーベキューをしていた。自分にとっては『ハリー・ポッター』と変わらないくらい遠いファンタジーだが、日常生活の話だと思う読者もいるのだろうか。自分には受け止め方がよくわからないので、イラストのトーンも迷った。この街のどこかにもそういう家があるのかもしれないが、とにかく「よその話」だ。目の前のこのテーブルには、椅子は最初から二つしかない。これしか知らないから、「よそ」が羨ましいとは思わない。ただときどき、「お父さん、お母さん、きょうだい」の家に生まれていたらどんな感じだったんだろう、と思う。たとえばかおりの家に生まれていたらもう少しきちんと片付けなんかもできる人間になったかもしれないし、夏美の家に生まれていたら愛想良く誰にでも素直にやさしくできたかもしれないなー、など。というか、三十過ぎてまだこんな子どもじみたことを考える自分が、単にダメなだけなのはわかってるんだけど。

ぼんやりしていたら鍋から水が溢れてしまったので少し捨て、コンロに置いて火を付けた。母の向かいの古い椅子に座り、

「わたしも、なんにもしたくなーい」

と言って、両腕を天井に向かってぐーんと伸ばした。二階で、携帯電話が鳴るのが聞こえた。

春日井夏美は、ワゴン車を実家があるマンションの駐車場に停めた。父はお盆休み

を利用して友人たちと山登りに行ったらしい。母が昨夜電話で文句を言っていた。連休となったらすぐ山、山、山、わたしのことなんて全然考えに入ってないのよ。

寝ているところを起こされてぐずる太郎を抱き上げ、あさみとみなみには手を繋がせて五階へ向かった。エレベーターの窓から、通過していく各階が見える。廊下に置かれた自転車や植木鉢。最近、実家に来るたび、古くなったなあ、と思う。夏美が八歳で引っ越してきたとき、このマンションは新築で、白くてお城みたいだと思ったのを覚えているが、くすんだ壁には細かいヒビが目立つ。外観のデザインの時代遅れな感じも、廊下の薄暗さも、子どもの姿を滅多に見ないことも、その全体が「古くなった」と感じさせた。というか、わたしが年取ったんだよね、とうしろをついてくる娘二人を振り返ってみた。

長い廊下のいちばん奥の部屋のインターホンを押すと、返事もなくいきなりドアが開いたので、軽く驚いた。そして玄関にのっそり立っている人を見て、もっと驚いた。

「おにいちゃん、なに、どしたの？」

兄の幸男《ゆきお》は、子どもたち三人の顔を順に見て、

「一人増えてる」

とつぶやき、それから、

「別に。お盆じゃん」

と言った。お盆に帰ってきたことなんて五年はなかったよ、と夏美は思ったが言葉には出さなかった。

「あー、知ってる、ゆきおちゃんだー」

とあさみが叫んだ。みなみはきょとんとした顔で夏美を見上げていた。また一回り太ったらしい幸男の向こうに、母の悦子が姿を現した。

「来るときは電話してって言ったじゃない」

「したってば。留守電になってた」

「携帯なんて気づかないわよ。なんでウチの電話にかけないの。あーら、あさみちゃん、かわいいスカートはいてるわね。汗かいちゃって。アイス食べる?」

「食べるー!」

娘たちは台所に走っていった。悦子がそのあとをついていった。夏美はぐずっている太郎を揺らしながら、大きな体で廊下を暗くしている幸男を見つめた。

「元気?」

とりあえず、聞いた。埼玉にある会社の寮に住んでいる田中家の長男・幸男は、実家に顔を見せるのは年に一度あるかないか、電話もよほどの用がない限りしてこなかった。夏美が会うのは、二年ぶりだった。つまり、太郎とは初対面。

「まあな」

幸男は無表情のまま、のそのそと奥へ歩いていった。

あさみとみなみがイチゴミルクのアイスキャンデーを食べ終わり、悦子が人数分の麦茶を用意していたところに、ずっとソファに座っていた幸男が唐突に言った。

「結婚しようかと思って」

悦子が振り返り、太郎を抱いたままダイニングの椅子に座っていた夏美も顔を上げた。二人は確かに聞こえた言葉の意味がすぐには理解できなかった。しばらくの沈黙のあと、幸男がもう一度、言った。

「結婚」

苛《いら》ついているような声だった。

「ええっ」

夏美と母・悦子は、同時に声をあげた。そして顔を見合わせ、さらに同じタイミングで幸男の姿をまじまじと見た。女の子どころか、学生時代から男友達とでさえあまり交流のない兄だった。幸男は、わざと視線を気にしないふうな態度で、麦茶を飲み干し、リモコンを取ってテレビをつけた。場違いに大きな音声で、今日の最高気温が聞こえてきた。

玄関でがちゃがちゃ音がしたと思ったら、弟の真次《しんじ》が入ってきた。

「ただいまー。あれ、なんだよ、なにしてんの？　なんかあった？」

リビングの真ん中に陣取っている兄を、頭から足まで何度も往復して見て確認した。

「失礼だな、おまえ」

幸男は不機嫌そうに、テレビのチャンネルを替えた。

「こんにちはぁ」

廊下にレナの声が響いた。目ざとく気づいたあさみとみなみは、すぐにレナの足下に駆け寄った。

「レナちゃーん。髪の毛、かわいくして」

「いいよー。なっちん、髪留めとか持ってる？」

肩甲骨のあたりがぐっと切り込まれた黄緑色のタンクトップにショートパンツ姿のレナは、よく日焼けした手足にあさみとみなみをまとわりつかせながらリビングに入ってきた。

「あれ？　お客さんですかぁ？　わたし、レナでーす」

愛想を振りまくレナに、幸男は驚いたというよりは、怯《おび》えに近い表情を浮かべ、ソファの端へ体を寄せた。

　みなみがよじ登りかけた椅子から落ちて、泣きだした。そこに悦子が駆け寄って頭をさすった。みなみの泣き声につられたのか、夏美の首につかまっておとなしくなっていた太郎が、ぎゃあーと泣きだした。太郎のほうを振り返った幸男は、動物でも観察するような不思議そうな表情を浮かべていた。

　夏美は、どういう順番で誰に何を言えばいいのかわからなくなった。


　カーテン越しでも眩しいほど日当たりがいいリビングのソファで、かおりは妹のさゆりと並んで座って、特に見たくもない昼のワイドショーを眺めていた。外で、東京とは違う種類の蝉が鳴いているのが聞こえる。さゆりは爪を念入りに塗り直していた。

　母は二階を掃除しに行ったらしく、掃除機の音が聞こえてくる。母の実江は、一日中なにかしている。のんびりするなんて人生の無駄遣いだといつも焦っている、かおりは子どものころから母のことをそういう人だと思ってきた。

「ねー、かおりちゃん。お母さん、なんか変じゃない？」

　つやつや光る爪を眺めながら、さゆりが言った。思い当たるところはあったが、かおりはわざと気の抜けた声で答えた。

「そう？」

「……別にいいけど」

さゆりは含みのある調子で言ったあと、急に立ち上がって台所へ行き、

「一人暮らしって、楽しい？」

と聞いた。

「なに、今ごろ？」

「だって、わたしこのまま結婚するからさー、一回ぐらい経験しといてもよかったかなって」

さゆりはアイスティーを入れたグラスをかおりの前に置いた。淹れてくれるなんて珍しい、とかおりは思って、せっかくなので一口飲んでから言った。

「お金かかるし家事もやらなきゃいけないのにわざわざ家を出る人の気が知れない、って言ってたじゃない」

さゆりはブラインドに隙間を作って外を見ていた。向かいも隣も、似たようなデザインの家だ。酔っぱらったら間違えそうだった。

「それはそうだよ。ほしいもの買えないなんて、絶対いや。だけど、一生経験しない

ままなのかと思うと、なんかねー」

「欲張りなのね、さゆりは」

「かおりちゃんより現実的だよ」

「知ってる」

三つ年下のさゆりは、かおりと母の衝突を観察した上で、日々の生活から進路選びまでもっとも摩擦の少なそうなところを歩んできた。実家から女子大に通って大手メーカーに就職し、友人の紹介だという、五歳上で県庁勤め、既に持ち家もある人と秋に結婚する。お正月にかおりもいっしょに食事した。想像していたより今風の顔立ちで、トレッキングが趣味の気のよさそうな男だった。

さゆりはテレビの前に立ちはだかって、にやっと笑った。

「わたしの結婚式で着る服、もう用意した？」

「してない」

「えー、なんで？」

「まだ三か月もあるじゃない」

「もっと盛り上がってよー。たった一人の妹の結婚だよー」

さゆりの笑顔は無邪気だ。ずっと変わらない。かおりは子どものころのできごとをいくつか思い出してみた。母が掃除機を階段にぶつけながら下りてくる足音が響いた。

珠子が納豆オムレツを作って食べさせると、ぐだぐだ言いながらも京子は店に出かけていった。

店でさんざん作ってるから、という理由で、京子は家ではほぼ料理をしなかった。年に二回ぐらい、急に思いついて何時間もかかる煮込み料理を作り出すことがあるが、できあがるころには疲れて、完成させるのは珠子の役割だった。

自分はゆで卵だけで済ませた珠子は、少しでも涼しくて動きやすそうな服を適当に着て、電車に乗った。普段と違って子どもの姿が目立つ車両で、窓から見た八月の東京は白い曇り空の下で均一に熱を帯びて見えた。

上野駅の公園口は、待ち合わせの人や家族連れでごった返していた。

「なにもこんな日に来なくても、だねー」

珠子が笑うと、三年ぶりに会った日菜《ひな》ちゃんは真顔で、

「だって、東京でどこ行きたいかなーって考えたけど、ほかに思いつかなかったんだもん」

と言った。人混みの中を並んで歩きながら、日菜ちゃんは、

「日本の湿度ってすごいねー」

と繰り返した。

日菜ちゃんとは、珠子が大学を卒業してアルバイトしていた画材店で知り合った。日菜ちゃんはその後アメリカに留学してアメリカ人と結婚してシアトルで暮らし、たまに日本に帰ってきたときに珠子に連絡をくれる。珠子は日菜ちゃんのブログをときどき見ていて、森の近くのだだっ広い場所で自転車に乗ったり仕事なのか趣味なのか判然としないオブジェやイラスト作品を作ったり肉を食べたりしているのは、知っていた。

上野の森の鬱蒼《うっそう》と茂った木々に囲まれた道を、大勢の人たちに押し流されるように歩き、うるさい子どもたちに紛れて、国立科学博物館に入った。エスカレーターでまっすぐ地球館の三階へ向かった。森が再現されたスペースを素通りし、端の通路を抜けると、広大な空間が広がっていた。

「うわー、すげー」

日菜ちゃんが歓喜の声を上げた。巨大な動物、動物園でも見ることのないようないろんな種類の動物たちが、ガラスの向こうに居並んでいた。天井からの照明に照らさ

れて浮かび上がった、動物たちの剝製は生きているようでもあったし、ファンタジー映画に登場する架空の生き物みたいでもあった。

「あの角、なんであんなことになっちゃってんだろね」

鹿に似た動物の頭からはねじったドリルみたいな角が生え、牛に似た動物からは前髪を分けて外に跳ねさせたような角が生えていた。奥のほうにいる鹿と牛を混ぜたような見た目の動物は、実在しているとは信じられないくらいの大きさで、珠子は別の世界に紛れ込んだ気持ちになった。

その後、青いライトに照らされた通路を巡りながら、すごい、かわいい、大きい、かわいい、変な顔、など単純な感想を言い合った。勝手に名前をつけたりもした。

楽しい、と珠子は思った。こういうときが、楽しいな、わたし。

そのあと、別の展示室を次々と回り、鯨の骨格や恐竜の骨格、海藻、きのこ、昆虫、と大量の標本を見て歩いた。その一つ一つが、驚異的に複雑な形で、どんなカメラでも写しとれないと思うほど美しい色あいで、細かく入り組んだつながりの中に存在していた。閉館間際に辿り着いた日本館の二階で、縄文人や弥生人の、実在した人物としか思えない精巧すぎる模型を見て、二人でぎゃあぎゃあ大騒ぎした。日菜ちゃんは今度日本に帰ってきたときは朝イチで来て全館制覇すると誓い、珠子は来週もう一度来ようと思った。

珠子は、ここ数か月のあいだでいちばん強く、絵を描きたい、と思っていた。

ようやく寝付いた太郎にタオルケットを掛けて、夏美がそっと和室を出ると、ダイニングテーブルでは母と兄と弟が向かい合って座り、リビングのソファではレナがあさみとみなみのお姫様ごっこの相手をしていた。

「ドレスはあさみがデザインするから、レナちゃんが作ってください」

「はーい、わかりました、お姫様」

「ダイヤモンド買ってきてください。世界でいちばん大きいやつ」

「あのね、世界でいちばん大きいダイヤは呪いのダイヤなんだよ。持った人が不幸になるの」

「不幸って？　りこん？　びんぼう？」

夏美は、幸男の向かい、真次の隣の椅子に座った。幸男がテーブルに置いた携帯電話の小さな画面を、悦子と真次と夏美は頭をくっつけ合うようにして覗いた。

黒いストレートのロングヘアで、前髪と耳のあたりをぱっつりと短く切り揃えたアニメキャラのような髪型。ピンクの水玉模様のブラウス。思いっきり顎を引いて上目遣いの、若い女の子たちにおきまりのポーズ。どの要素も、幸男とはまったく結びつかないように三人には思えた。とりあえず、悦子がつぶやいた。

「はあ、これ……」

彼女はなんと二十歳らしい。会社にアルバイトに来ていて知り合った、高校を卒業してからは家事手伝いかたまにアルバイト、トリマー志望、などの情報を聞かされた。そのすべてもやはり幸男の口から聞くにはあまりに不似合いだった。

「だまされてるんじゃねえの？　兄貴、貯金いっぱいありそうだから」

冗談めかして言った真次を、幸男は睨んだ。

「おまえに言われたくない」

「とにかく一度うちに連れてきなさい。外で会ってもいいけど」

子どもたちの相手をしながらこちらを気にしていたレナが、声を掛けた。

「わたしが話してみようか？　年近いし。いろんな子知ってるから、見る目はあると思うんですよ」

「それもいいかもねえ。おにいちゃんは愛想は悪いけど妙に人がいいからねえ、レナちゃんにお願いしようかしら」

「お母さん、本気で言ってんの？」

「なんなんだよ、ここの家族は」

幸男は憮然とした顔で、といっても普段からむっすりしているからたいした違いはなかったが、とにかく不服そうだった。

家族。夏美は、真向かいで腕組みして座っている幸男をじっと見た。老けたような気もしたし、高校、いや中学ぐらいからほとんど変化がないような気もした。仕事の内容も詳しくは知らない。兄が就職して家を出るまで二十年間いっしょに暮らしていたけど、あまり話はしなかった。元は他人の、夫の直樹のほうが今の自分にとっては何十倍も近くてよく知っていて、「家族」という実感があった。じゃあ、この人はわたしにとってなんなんだろう。

「おばあちゃーん、ジュース、くださーい」

背後でみなみの上機嫌な声が聞こえた。

「ああ、冷蔵庫に……」

「わたしやりまーす」

レナが立ち上がって、水切り籠に伏せてあるグラスを手際よく並べた。夏美は、この子もどういう位置づけなんだろう、とレナの細い腕をぼんやり見ていた。最近はわたしより頻繁にここにいて、一応「家族の重要議題」を話し合う横でわたしの子どもと遊んでて。お母さんとも妙に気が合ってるみたいだし……。

ふわあああ、と襖の向こうから太郎の泣き声が響いた。

「寝たばっかりなのに」

夏美は和室に戻り、真っ赤な顔をして声を上げている太郎を抱き上げてしばらくあやしていた。そしてようやく、

「もしかして、熱あるのかも」

と頭や顔を触り、悦子を呼んだ。

妹が出かけるのを、かおりが玄関まで送りにでたところに、ちょうど西《にし》ちゃんがやってきた。リビングではなく二階の部屋に行くとかおりが言ったので、母の実江は「不倫の相談をするに違いない」とまたもや勝手に想像を働かせつつ、冷えた麦茶と巨峰をやたらと愛想をふりまきながら二階へ運んだ。

かおりは中学時代はこの近くの町に住んでいて、西ちゃんはそのときいちばん仲のよかった同級生だった。一年ぶりに会った西ちゃんは、六月に勤め先を希望退職とい

う名のリストラで辞めたあと暇だからジョギングしているそうで、日焼けして締まった体つきになっていた。

「お盆で親戚集合してるから、家にいづらいねん。独り身三十女の無職は辛いわー」

西ちゃんは中学時代と変わらず大きな口を開けて笑い、紫色のぶどうを次々つまんだ。

「かおりちゃんは仕事がんばってるんやな。デザイン系の学校行ってたからそういう仕事するんかなって思ってたんやけど、でも、学校の職員て合うてるなーって思うわ。あ、地味とかそういう意味ちゃうで。かおりちゃんはいっつもしっかりして頼りがいあったやん？　わたしもかおりちゃんみたいやったら、もっと仕事もちゃんと続いてたかも」

「いやいや、なんだか目の前の作業してるうちに八年も経っちゃったよ」

西ちゃんがほかの同級生の近況を報告するのを聞きつつ、かおりは大学の友人たちを順に思い浮かべていた。多少なりとも専攻に関係する仕事を今でもしている子は三分の一もいなかったし、五月に個展に行った青木茉莉香みたいに創作を続けている子もだんだん珍しくなってきた。たまちゃんが、いちばん活躍してるな。昨日駅前のコンビニで買ってきた雑誌にもイラストが載ってたし。自分は母親と大げんかしてまで進路変更したけど、結局才能も根気もなかったってことなのかな。

かおりは部屋を見回してみた。壁を占領する大きな棚には、アルバムが並んでいた。棚の下半分にはいわゆる家族のアルバム。そして上半分には、無印良品の白いポリプロピレンのアルバムが詰まっていた。まったく同じサイズのアルバムが何十冊も、同じ位置に同じ分類ラベルを貼られて並んでいる。中身は、この家にあったあらゆるものの写真。母親の気に入っていた洋服、人からもらったお土産の数々、姉妹の小学校から高校までの図画工作、自由研究に、制服、ぬいぐるみ。「思い出は写真に残して、物は捨てる」という整理術を、ずいぶん前から母は実行している。ここに引っ越すときにアルバムのサイズを揃えて以来ますます徹底していて、おかげで家はモデルルームのように片づいている。この数年は作った料理や習ってきた生け花も記録されているようだ。実家に自分の部屋がなくてここで泊まることになるかおりにとっては、隙なく分類され整頓されたこの大きな棚は、母の余裕のなさの象徴のようで、圧迫感さえ感じるのだった。

たまちゃんがイラストの仕事を続けられるのは、おかあさんの理解があるからかもしれないな、とかおりは思った。一度だけ卒業制作展で見かけた珠子の母は、珠子の服を着ていた。共有できる関係なんて羨ましいねと別の友人たちと言い合ったのを思い出した。きっと、いわゆる友だちみたいな母娘《おやこ》なんだろうな。恋愛の話なんかも普通にできたりして。

「どうするかなー、今後の人生」

西ちゃんは麦茶を飲み干してグラスをお盆に置き、壁にもたれて足を投げ出した。それから、急に思いついたように言った。

「今度、東京遊びに行こうと思てるねんけど、泊めてもろてもいい？」

西ちゃんの笑顔とぶどうの汁で紫色に染まった自分の爪を見てから、かおりは言った。

「同居人がいるんだけど」

すっきりしないその言い方にぴんときて、西ちゃんは身を乗り出した。

「え？　彼氏？　まじで？　どんな人？」

西ちゃんが大きな声を出したので、かおりは少し焦ってドアの外の気配に耳を澄ませた。一階から掃除機の音が微かに響いているのを確認して安心した。携帯電話を開いて準之助の画像を見せて、簡単にプロフィールを説明した。西ちゃんは目を輝かせていちいち頷き、

「意外やー、年下なんやあ、へえええ」

と繰り返した。奪い取った携帯電話の画像を拡大までして確かめている西ちゃんを見て、かおりは笑った。

「西ちゃんとちょっと似てるかも」

「どういうとこが？」

洗濯物、どうなったかなあ。かおりは今朝の電話を思い出し、ちょっと笑って言った。

「……関西弁」

「なにそれ、幅広すぎるやん」

かおりは立ち上がって伸びをし、

「日が陰ってきたから散歩でも行かない？」

と言った。


珠子と日菜ちゃんがタン塩をおいしいおいしいと絶賛しながら食べ切ったころに、ガード下の焼き肉屋には日菜ちゃんが呼んだ友人がやってきた。

「あ、水島さんか」

テーブルの横に急に現れた彼は、挨拶もなしにつぶやいた。

「友だちって、誰のことかと思った」

煙たい空気の中、彼は大きい目で珠子を見下ろしていた。

「おー、森野《もりの》、久しぶりじゃーん」

日菜ちゃんからなにも聞かされていなかったので驚いて黙っている珠子の向かいで、日菜ちゃんが森野新太《あらた》の腕を叩いた。森野新太はそのまま日菜ちゃんの横に座った。日菜ちゃんは、店員に生ビールを追加注文すると、森野新太に言った。

「暇だねー。急に言ってつかまったの、森野だけだよ」

「お盆なんか別にすることないし、寝てた」

森野はわざとらしく耳のうしろをかいた。

「わたしも日菜ちゃんに急につかまえられた」

言うと森野が軽く笑ったので、珠子はほっとした。同時に、もっといい服を着てくればよかったと後悔した。

「わたし、たまちゃんには、すごーく会いたかったんだから。森野はついでだけど」

ビールが運ばれてきて、三人で改めて乾杯をした。七年前、日菜ちゃんの友人の森野新太に、珠子は一度振られていた。

丸い網の上で、ハラミがじゅうじゅうと音を立てて焼けていた。

あさみとみなみは、遊び疲れたのか眠ってしまった。和室で並んで寝息をたてる二人に肌布団を掛け、夏美は部屋の反対側に寝かせている太郎の隣に腰を下ろした。熱はあるが、そんなに高熱でもないし、直樹が迎えに来るまでとりあえず様子を見ることにした。夕闇が迫る外の群青色で、部屋は薄暗かった。太郎が吐く熱い息を感じながら、夏美はその寝顔を眺めていた。

真次とレナは友人たちと花火大会に出かけ、幸男はコンビニに行くと出たきりまだ戻らなかった。悦子が夕食の準備をする音が、襖越しに聞こえた。

今は仲良く遊んでいるわたしの子どもたちも、成長したら疎遠になったり、他人みたいに感じたりするんだろうか、と夏美は思って、不思議な気分になった。小学生になったら、受験のときは、将来は、と言葉では言うけど、大人になった姿なんて想像がつかない。というより、三十歳になった子どもがいる自分の姿のほうが想像つかないのか。

しばらく太郎の額を撫でていた夏美は、襖を少し開け、台所に立つ悦子に声を掛けた。

「手伝おうか」

悦子は振り返らないままで、

「いいわよ。太郎ちゃんについててあげなさい」

と言った。夏美はしばらく母の背中を見つめ、子どものころの自分たちきょうだいの姿を、思い出そうとした。

かおりは隣町の西ちゃんの家に行って賑やかに夕食をごちそうになって、実家に戻った。父はまだ帰ってきていなかった。母が淹れたお茶を飲んでいたら、携帯電話に準之助から着信があった。その場では出ないで、母が後片付けを始めたのを見計らってから、二階に上がってかけ直した。

「かおりちゃんおらんかったらさびしいから、早よ会いたいわ」

準之助はバイト先の休憩時間らしく、非常階段で話していた。

「準之助はすぐ調子のいいこと言うね」

「減るもんちゃうし、口に出して言うたほうがええやろ」

かおりはとても安心した気持ちになって、アルバムの詰まった棚にもたれた。予定を早めて明日東京に戻ろう、と決めた。

階下では実江が、一人お茶を飲んでいた。

かおりももう三十歳。賢い子だから、ちゃんと気がついて別れてくれるはず。もうしばらくはなにも言わずに見守ろう。娘を信じよう。と考えていた。

外で車の音がしたので、実江は夫を出迎えるために立ち上がった。

九月の月曜日　雨、曇り、雨

厚い雨雲のせいで薄暗く、部屋には朝から明かりがついていた。子どもがいつまでも泣きやまないとき、虐待してるって近所の人に勘違いされるんじゃないか、と春日井夏美は思う。

だけどそれは頭の片隅に浮かぶだけで深刻な懸念などではなく、とにかくどうにかしなければならないのは目の前で泣いている太郎だった。もう二十分近くになる。太郎がこんなに泣くのは久しぶりだが、とくに体が悪い様子もなく、やっぱりさっき朝ごはんに好物のぶどうがあったのをほとんど姉たちに食べられてしまったことが、きっかけのようだった。

「おかーさーん」

とっくに支度のできているみなみが呼ぶ声が聞こえる。ダイニングテーブルの下に入り込んでひっくり返って泣き続ける太郎をなんとかなだめようと、夏美もテーブルの下に入って抱き上げたら、今度は自分が頭を打ってしまった。

「おかーさーん」

みなみの声がまた響いた。みなみはみなみで、玄関に座ったまま動けないのを怒っているらしい。別の保育園に通うあさみは夫の直樹が送っていってくれたが、下の二人は十分以上の遅刻は確定だった。

今朝は、直樹が得意先の葬式があるのに礼服がどこにあるかわからないと言い出し、実家の母から先週の忘れ物をいつ取りに来るのかとどうでもいい電話はかかってくるし、お気に入りのコップを割ったからあさみも機嫌が悪かったし、雨だし、たぶん今日はそういう日なんだろう。

「おかーさーん」

みなみがいつのまにかリビングのドアのところに立っていて、大声で叫んだ。いったん泣きやむかと思われた太郎が、ひときわ大きな声をあげて力を込めて背中を反り返らせた。バランスを取ろうとした夏美の背中に、唐突に痛みが走った。


雨の日の電車はいつもより混み合っていた。本田かおりが足に隣の人の傘が当たるのに苛ついていると、テストが九月って最悪だよね、なんか夏休み損してる気がする、と勤める大学の学生が真後ろで話すのが聞こえた。学生がそう言うのを聞くたび、かおりは小さな喜びを感じる。大学は勉強するためにあるんです、だいたい夏休みが長すぎるんだから、と心の中でつぶやきながら、学生たちの差す傘にまぎれて学校への長い上り坂を歩いた。

学務課に着いた途端、自分の席の前に池上玲子《いけがみれいこ》が立っているのが見えてげんなりした。

「本田さん、おはよう」

池上玲子は、湿気の多いこんな日もきれいにまとめた髪に真っ白なシャツ、ヒールの高いパンプスでまっすぐに立っていた。課長が急に入院したので代理として三日前に広報課から来た池上玲子に、かおりは以前から苦手意識を持っていた。特になにかされたわけではないが、できれば関わらずに過ごしたい、と思うようになっていた。

「急で悪いんだけど、説明会の資料、昼までに仕上げてくれないかしら。それと、松本くんに集計の引き継ぎもやっておいてほしいんだけど」

説明会の担当はわたしじゃないんですけど、とも言い出せないので、とりあえず頷いた。

「はい」

「お願いね」

池上玲子はさっさと部長席の隣に仮に置かれた自分のデスクへと戻っていった。髪をまとめているべっこう柄のバレッタが、蛍光灯を反射して冷たく光っていた。この人、雨の中を歩いてきても濡れないいんじゃないか、とかおりは妙なことを思った。

「池上さんて、美人ですよねー」

向かいに座る松本竜馬が、今日も朝からへらへらした笑顔でかおりに言った。

「そうね」

「四十五歳で高校生の子どもがいるようには、全然見えないっすよね」

「そうね」

「本田さんも仕事できるから、十年ぐらいしたらあんな感じになってるんだろうなー」

「……」

屈託ない笑みを浮かべる松本竜馬に、返す言葉はもうなにも出てこなかった。

正午過ぎにやっと雨が止んだ中庭に、チャペルから新郎新婦が出てきた。

ホテル三階のティールームの窓際に座る水島珠子には、肩の出るドレスを着た新婦の笑顔までよく見えた。身内やごく親しい人たちらしい少人数の参列者が階段に並んで花びらを投げ、カメラのフラッシュがいくつも光った。

「新郎、結構かっこよくないですか？」

向かいに座る編集者の遠藤《えんどう》さんが、紅茶のカップを持ったまま中庭に視線を向けて言った。さわやかな笑顔を振りまく銀色のタキシード姿の新郎は珠子の好みではなかったので、

「月曜なのにめずらしいね」

とだけ言った。遠藤さんは、

「ドレス、わたしもああいうシンプルなのがいいなあ。ギリシャっぽいのとか、ナチュラル系ので超かわいいのを、六月号の撮影で見たんですよね」

とうっとりした表情で外を見続けていた。珠子が占いページのイラストを描いているファッション誌の担当者である遠藤さんは、まだ入社三年目の二十五歳で、珠子の絵を気に入っているせいか、よく仕事を依頼してくれるし打ち合わせと称して気になっている甘いものを食べに珠子を誘う。特に気が合う、というわけでもないが、今ど

っていた。

きの子らしい、良く言えば素直というか気を遣わない感じを、珠子はおもしろいと思
「あー、あれはかわいかったな」

「珠子さん、絶対似合いますよ。着てくださいよ。お店紹介しますから」

「いやー、自分がそういうの着るイメージが全然ないというか」

「なんでですか、大人があいう感じの着るほうがかわいいと思います、絶対。珠子さん小柄だけど、髪も無造作な感じのアップスタイルにしたら雰囲気出ます」

そういう問題じゃなくて、と思ったが適当に返事をしておいた。この老舗ホテルのティールームはリニューアルしたばかりでアフタヌーンティーセットがおいしいらしいです、といつものように遠藤さんからメールが来たので、今日はここにいる。三段タワーのお皿に載せられたサンドイッチとスコーンと焼き菓子とチョコレートを食べながら、ふと視線を上げると、はす向かいにある別棟の同じ階に、カップルばかりが等間隔に並んでいるのが見えた。彼らの向かい側には、ブライダルサロンの制服を着た女の人が一人ずつ応対している。

「結婚する人って、たくさんいるんだねー」

不景気なんていうけどこんな高そうなところで結婚式をする人は列をなしてるんだ

な、と珠子は思ってチョコレートを一つかじった。遠藤さんは体をひねってブライダルサロンのほうを見て、人数を数えた。

「五組もいる！　平日の昼間なのに。聞いてくださいよ、わたし、来月同級生の結婚式が三つあって、しかも微妙に出席者かぶってるから同じ服着ていけないし、いくらかかるんだろうってくらくらしますよ。早く自分も祝ってもらうほうにならないと」

二十五歳にしては結婚式が多いな、最近の若い子って早く結婚したがるような気がする。遠藤さんも、結婚したーい、としょっちゅう言っている。

「遠藤さんも、結婚したいんだ」

「だって、生活かかって仕事するのって、なんかイヤじゃないですか？　仕事はしたいんですけど、あくまで好きなこととしてというか、必死な感じじゃなくて余裕持って生きたいっていうか。そのほうが仕事の内容も良くなると思うんですよ」

遠藤さんの言い方にはまったく他意がなく、無邪気ともいえるものだったので、珠子は苦笑いで済ませた。黄色いスコーンに白いクリームの組み合わせっていいな、と思いながら食べた。

「わからないよー、そんなの。結婚しても旦那が失業するとか借金背負うとかっていうリスクもあるわけだし」

「そしたら離婚すればいいじゃないですか。借金なんて、そんな人にひっかかっちゃだめですよ、水島さん」

遠藤さんは真顔で珠子に言った。

そりゃそうかも。そうなのかな。珠子は、自分が言ったことと遠藤さんが言ったこと と、噛み合っていないだけだとわかっているのになぜか自分が間違ったことを言った気持ちになった。

ロビーに、さっきまで中庭にいた結婚式の参列者たちが入ってきた。白いネクタイを締めた恰幅のいいおじさんに裾に鶴が飛ぶ豪華な黒留袖のおばさんたちがソファに腰掛け、その周りにやたらとひらひらしたワンピースを着た女の子たちがまとわりついていた。これから会場を移して披露宴が始まるのだろう。ロビーに飾られた大げさな花々の向こうに見え隠れする晴れやかな人々を、遠藤さんも確かめるように見た。

「ここの披露宴って、高い割に料理はイマイチなんですよ。スイーツ系はいいのに、肝心の食事系はぱっとしなくて。去年、いとこがここで披露宴したんですけど、ダンナさんが医者の家系だから親戚も見栄っ張りが多くて、細かいとこに嫌味言うんですよね。ま、ウチのおばさんも負けてなかったけど」

スコーンにクリームをたっぷり載せて、遠藤さんは、今結婚式なら評判がいいのはどことどこだと、外資系の新しいホテルの名前を順に挙げ始めた。遠藤さんのお父さんは商社勤務で去年からお母さんも伴ってシンガポールに赴任中、弁護士のお兄さんとはすごく仲がいい、と聞いたことがあったのを思い出した。遠藤さんは、自分の家庭が恵まれているなんて思ってないだろうな。たいていの人は自分の知っている範囲のことで〝普通〟を考える。たぶん、わたしも。珠子は再びロビーに視線を移した。新郎新婦の親戚たちは、挨拶をし合ったり写真を撮り合ったりしていた。

少なくとも自分がこんな高級ホテルで結婚式なんてすることはないだろうし、今までも出席することもなかったしこれからもなさそうな気がする、と思いながら、自分の中にひっかかる気持ちが、嫉妬とも羨望とも違うし、じゃあなんなのか、よくわからないでいた。ただ、あの中に自分が混ざったら、たとえばもしも遠藤さんの結婚式に呼ばれたりしたら、隅のほうでなるべく目立たないようにしているんじゃないかと、思った。なんとなく、彼らが自分よりも上の場所にいると感じてしまうのはなぜなんだろう。

お金持ち、ということではなくて、きっとちゃんとした家族なんだろうな、と思う。親戚づきあいがきちんとあって、礼儀やしきたりもわかっていて、こんな卑屈なことを考えたりしない、ちゃんとした人たち。わたしには、いとこもおじさんもおばさんも、一人もいない。

最後に残っていた焼き菓子に、遠藤さんが手を伸ばした。

「水島さん、今度、表参道にできたカフェに行きましょうよ。チョコレート使ったお菓子がレベル高いみたいで」

遠藤さんは、野菜が嫌いで肉と甘いものとお酒が好きだ。そしてメールが来るのはいつも真夜中から明け方だし、徹夜もしょっちゅうらしい。だけど、色が白くて顔の肌もきめ細かくつるつるしていた。なにもかも生まれつきなのかもしれない、と珠子は思った。遺伝子で全部決まるのかも。それとも、ただ単に若いからなのか。

「なんだかちょっとお疲れ気味ですか？　気をつけてくださいね、ウチの会社でもなぜか今ごろ風邪が流行ってて」

「ああ、ありがとう」

育ちのいい人って他人に素直にやさしくできるんだよね、と思いながら、珠子は笑みを返した。

「水島さんの食べ物の絵、妙においしそうですよね。へなっとした線なのに、なぜか質感があって。来年の占いの絵、お菓子をテーマにしましょうか？」

遠藤さんのうしろで、結婚式の参列者たちは、ぞろぞろと会場へ向かい始めた。

「お菓子より野菜で」

珠子は、丸いティーポットを傾けて少しだけ残っていた紅茶をカップに落とした。わたしがいつまでもうだうだ考えていることって、ほんとうにどうでもいいことなんだろうな。自分が勝手に思い込んでいるだけの、ささいなこと。結婚式をしている幸福でいっぱいのあの人たちにも、お菓子を食べる遠藤さんたちにも、このおいしいお菓子にも、今日の天気にも、なんの関係もないこと。

遠藤さんも他の人もわたしに「好きなことが仕事になっていいですね」って言う。夢をかなえた、と人からは見えるだろうし、実際、仕事もあるしこうして昼間にゆっくりお茶を飲んでいる自分が不満だなんて思うわけじゃない。

他人の幸運はくっきりとよく見えるけど、自分の幸運はもやにつつまれたように、いやもっと濃い、雲の中にいるように、手さぐりで確かめるしかなくて、そこにあるのに、すぐに見えなくなってしまうのかもしれない。

中庭の木にひっかかっていた黄色い風船が、やっと空に向かって飛んでいった。空は雲で埋め尽くされていて、また雨が降り出しそうだった。

かおりが学食でお昼を食べ終えて学務課に戻ると、まだ人が戻らずがらんとした学務課の、自分の部署だけに人がいた。自分の席に池上玲子が座って、横尾ちゃんと松本竜馬を相手にしゃべっていた。

「あのおじさん、口先だけでなんにもしないんだから。役立たずにもほどがあるわよ。あ、園芸は得意だからここの観葉植物はみんな元気だけどね。育ちすぎてちょっと邪魔よね」

「あははは」

かおりが三人のうしろで立っていると、池上玲子が振り返った。

「本田さん、ちょっといいかしら?」

池上玲子は無駄のない身のこなしで立ち上がり、奥の会議室を指した。そのあとを歩くかおりに、背後で松本竜馬と横尾ちゃんが楽しそうに話す声が聞こえた。池上玲子は廊下の突き当たりの小さい会議室に入るなり、かおりに向かって言った。

「前から思ってたんだけど、本田さんていい人よね」

池上玲子の顔には、固まったような笑みが浮かんでいた。かおりは、なにを言われているのか、表情からも受け取ることができず、ドアの前に立ったまま返事もできずにいた。

「なんでも引き受けるから人望厚くて。松本くんみたいなうすのろの後始末まで、注意もせずに引き受けちゃうし。そういうのって、なんか違うと思うな」

池上玲子は、苛立ちを示したいのかわざとらしく指で傍らの机を叩きながら、続けた。

「わたしってこの通り毒舌だから、敵も作るけど、言うべきことは言わないとっていう考えなのね」

「わたしは、自分の仕事だからやってるだけです」

かおりはなるべく感情を出さないように、平たい口調で答えた。ドアの向こうから午後の始業を告げるチャイムが聞こえてきた。

「あらそう。考えがあるんだったら、いいけど。さっきの資料、わたしの言ったとおりに直して配布して出欠まとめてくれる？　今日中に」

「すぐできますから」

「じゃ、二時には報告してね」

池上玲子は言い残すと、かおりの横をすり抜けてさっさと会議室を出て行った。

取り残されたかおりは、頭に血が上ってふわふわするので一旦トイレに行って手を洗い、呼吸を整えてから廊下を進みかけると、

「ちょっと、本田さん」

今度は部長に呼び止められた。廊下の観葉植物の陰で、部長は声をひそめて、課長の入院が長引きそうで退院してもすぐに元のように仕事に戻れないかもしれない、と告げた。

「そうなんですか。心配ですね」

かおりはつい一週間前まで、すぐ目の前の席で仕事をしていた課長の姿を思い浮かべた。いつもと変わらず癖で右に頭を傾けたままぼそぼそしゃべっていた。丈夫なタイプでもなかったが、病気があるようにも見えなかったのに。課長のことや部署の仕事の不安が入り交じって沈んだ気持ちで足下を見ていると、部長が言った。

「それで、本田さん、主任に昇格してもらって、当分課長の代理ってことになると思う」

部長はかおりを落ち着かせようとしているのか、やさしげな笑顔を作っていた。

「もともと来年四月に主任にって、ほぼ決まってたんだ。今回こういう事情ではあるけど、本田さんならじゅうぶん務まるだろうし」

かおりは混乱しつつ、学務課の奥に座っている池上玲子のうしろ姿を視界の隅に確認した。

「池上さんは……」

「彼女はあくまで臨時だから。ま、本田さんがスムーズに仕事できるようになるまでは、いてもらうつもりだよ。仕事できる人だから、指導してもらえるのはいいことだと思うし」

部長はかおりの肩を軽く叩き、明日教務部全体で打ち合わせがあって、などと説明しはじめたが、かおりの耳にはほとんど入ってこなかった。すぐそばにある、大きく育ったパキラのつやつやした葉が目につくたび、池上玲子の声が頭の中でこだまして、かおりはまた腹が立ってきた。

席に戻ると、横尾ちゃんが、松本竜馬と珍しく楽しそうに言葉を交わしていた。かおりが戻ってきたのに気づいて、見上げて言った。

「池上さんて、おもしろいですよねえ。あのクールな顔でずばっと言われると、説得力がある」

横尾ちゃんまで取り込まれちゃって、とかおりは喉元まで出かかったため息をのみ込み、

「そうね」

とだけ返した。窓の外を、学生が差す傘が行き交っているのが目につき、雨がまた

降り出したことに気づいた。

雨のせいか「Wonder Three」にもあまり客は来なかった。夏美は、新しく入荷した猫やお菓子をかたどった付箋に値札を付ける作業を中断することなく、興奮した声をあげた。

「えー、それでそれで？　電話したの？　メールしたの？」

珠子は、カウンターの向かい側にもたれ、少し間を置いてから答えた。

「メールは、した」

「返信来た？」

「来た」

「なんて？」

「イラスト見ました、って」

珠子は、自分で自分の答えを聞くと、それってやっぱり単なる社交辞令じゃないのか、と思えてきて、カーテンのカタログコーナーの椅子に座った。先月、上野で日菜ちゃんと焼き肉屋に行ったあと、乗り換えの駅まで森野新太と二人だった。十分ほどのあいだ、森野新太はつい最近も会ったばかりの友だちのような特に愛想もよくない態度で、なんかおもしろい映画とか観た？　と聞き、それからただ映画の話をして、乗換駅の階段でやっと、電話番号もメールアドレスも変わってないから、と言ったのだった。

珠子は夏美に、先月からのことに加えて七年前に森野新太と知り合ってから振られるまでの話もした。七年前のほうもたいして劇的なことはないわりに説明ばかりが長くなったのだが、それでも夏美は目を輝かせて聞いていた。

「いいなー、いいなー。そういう浮いた話って聞くとうれしくなるよ」

夏美はほんとうにうれしそうなにやにやした顔で、一人で頷いていた。

「こんな話が？」

「だって、わたしはもうそういうことないんだもん。ううん、なくはないけどね、あったら困るじゃん？　だからたまちゃんの話で疑似体験できてうれしい。新鮮。忘れてたものが蘇る感じがする」

「いや、そんなたいしたことは……」

と言いつつも、珠子のほうも誰かに聞いてほしかったことがやっと言えたのでうれしかった。

「期待してるから、続き。ちゃんと展開させてよ」

「だったらいいけど」

「今度またかおりちゃんともいっしょに、会ってしゃべりたいねえ」

外を、廃品回収の軽トラックがうるさいアナウンスを流しながら通った。

「かおりちゃん、忙しいのかな」

「先週メールしたら、誰か入院して大変なんだって」

「え、お母さんかお父さん？」

「ううん、仕事関係の誰かだったと思うけど、忘れちゃった」

夏美は値札付けの作業を終え、珠子は持ってきた大きな紙袋の中身を取りだして、今日の目的の作業に取りかかった。

「えーっと、こっちが右で、こっちが左だよね」

夏美は、木のフレームに入った珠子の絵をカウンターの横の壁に掲げた。二枚とも、みなみが好きだから、と夏美がリクエストした鳥の絵だった。カラスではなくて、オオオハシとオカメインコにした。夏美は脚立を設置して、絵を持ち上げた。

「痛っ」

途端に背中を押さえてしゃがみ込んだ。

「どうしたの、だいじょうぶ？」

「うーん、今朝ひねっちゃって」

「わたしがやろうか。結構得意だし」

珠子は代わりに脚立に上がった。

「このへんかな」

絵を掛けたいあたりに左手を掲げて振り返ると、急に視界が開けて店の全体が見渡せた。四角い小さな部屋の壁沿いに、夏美が選んだ明るい色の小物が並んでいた。ガラス戸の向こうには、雨に濡れた通りが見えた。

珠子は、突然別の場所に来てしまったような、学生のころからの十年がここで一気に過ぎてしまったような気持ちになり、こんなふうに脚立に昇って手を伸ばして自分がなにをしようとしているのか忘れてしまいそうになった。

「もうちょっと上かな。上で、棚側に寄せて」

夏美の声で壁を見ると、見慣れた自分の手があった。夏美に釘を渡してもらって、目星を付けて差し、オオオハシのほうを掛けてみた。うしろに下がった夏美が、真剣な顔をして定規を掲げて水平を見比べた。

「えーっと、微妙に右に傾いてるかな。違うよ、逆、逆」

「うん？ こっち？」

 慌てると右左がごっちゃになりがちな珠子は多少手間取ったが、なんとかオオオオハシの絵を掛け終わり、脚立をずらしてオカメインコの絵に取りかかった。笑いながら見上げていた夏美が言った。

「今日はもう朝から最悪で、店開けるのも二時間近く遅れてお客さんにも怒られちゃうし。やっとさっき落ち着いたとこなんだよね。ていうか、また店番してもらおうかな。もうすぐ子ども迎えに行かないといけないし」

「ほんとに？　実は、ちょっと考えてたんだよね。今度はもっとちゃんとできたらなって」

「ちゃんと、って、こないだはそんなに適当だったの？」

「いや、そういうわけじゃないけど……」

「たまちゃんて、ちゃんと、ってよく言うよね。ちゃんとしてるよ、全然」

絵を掛け終わったところで、お客さんが続けて二人来た。あとから入ってきた女の人が、花柄の封筒を買っていった。珠子は首と腰が痛くなったので、カウンターの脇でストレッチをしつつ、夏美に聞いてみた。

「結婚したり、子どもがいたりするのって、なにがいちばん違う？」

「うーん、自分の都合で動けないってことかなあ」

「それって、いいことかな？　困ることかな？」

「あー、ごめんごめん、たまちゃんはまだこれからなのに夢を壊すようなこと言うのよくないよね。まあ、お互い様だと思うよー。直樹も我慢してることあるだろうし、子どもも、わたしにもっとやってほしいのにってこともあるだろうし」

珠子は曖昧に笑って、そうかー、とだけ言った。

自分の家族ができたら、もう少し自分のことを「ちゃんとしてる」と思えるだろうか。結婚して子どもを育てて、誰かのために役に立っていると実感できたら、自分をちゃんとした大人だと思えるだろうか。そんなことを思いながら、珠子は自分の絵を見上げた。

勢いよくドアを開けて、レナが入ってきた。

「こんちはー。あ、前にもいた人」

レナは、微笑んで挨拶を返す珠子と、商品を並べ直していた夏美を見比べ、前は全然違うタイプだと思ったけど、今日は似て見える、と思った。相変わらずなっちんは生成系のナチュラルな格好で、名前を忘れたこの友だちは濃い赤に青いペンキを刷毛で塗ったような柄のシャツを着てるのに、なんでだろ、と感じたが、たいした問題でもなかったので、お土産に買ってきたシュークリームを珠子と夏美に一つずつ手渡して、店内をぐるぐる回り始めた。

「わたし、お店に来たのって久しぶりじゃない？　あ、これかわいい。なっちん、センスよくなったね」

夏美が珠子に最近のおすすめ商品を説明しているあいだ、レナはアクセサリーを試したりしていたが、わざとらしく携帯電話で時間を確かめると、言った。

「ねー、なっちん、お迎え行かないの？　車出したげようか？」

雨が止まないので早めに出なければと思っていた夏美はすぐに同意した。

止みそうで止まない雨の道路を、レナの運転する車は滑らかに走った。シングルマザーである姉の子どもを乗せることもあるらしく、後部にはチャイルドシートがちゃんと二つある。走り出してすぐ、レナは三日前に夏美の兄・幸男の彼女が家族と対面したときの様子を報告し始めた。父母と幸男とその彼女、そして次男の真次ではなく、なぜかレナがいっしょに、近所のステーキハウスへ行ったらしい。

「別に普通の子だったよ、意外に。まあ、ちょっと天然系っていうか、たまに不思議な受け応えしてたけど」

「たとえば？」

「肉屋に行ったのに肉食べれないとか？　少なくともだまされてるってことはないんじゃないかなあ。年上が頼りがいあるように見える年頃なのかも」

「頼りがい、ねぇ」

少なくとも自分の中では兄と結びつかない言葉を反芻してみたが、そのときの状況もその彼女のことも想像がつかないことに変わりはなかった。赤信号で車が停止すると、静かになった車内にワイパーの規則正しい音が響いた。

「なっちんさー、超頭いい高校行ってたんだね。びっくりした」

レナが唐突に言ったので、夏美は一瞬なんのことか飲み込めなかった。レナが夏美の母校の名前を繰り返したので、やっと自分のことだとわかった。有名校、というほどではないが、そこそこ進学先がいいことで通っている女子校だった。夏美は、サイドミラーに映る自分をちらっと確かめてから言った。

「制服がかわいいからどうしても着たくって、がんばっちゃったんだよね。でも入ったら周りがほんとに全員頭いいから、早々についていけなくなってさ。同じ学年で就職したのってわたしとあともう一人だけ。しかもわたしはバイトだったし」

三年の時に夏美はかおりと同じクラスになった。かおりは学級委員で成績もよかったし、すぐに慌てては失敗する自分と違っていつも落ち着いていて、羨ましく思っていた。あんなふうだったら、なにをきっかけに話すようになったのか夏美はもう覚えていなかった。そういえば制服、実家に置いてたっけ、制服のことなんか何年も忘れてた、と夏美は思って、笑った。

「制服ぐらいでなんであんなにがんばれたのかなー。笑っちゃうよね」

「なっちんて単純だね」

「いやー、入学してから焦ったよー。周りからすごく浮いちゃって、三年間何回もやめようかと思った」

「なっちんて、焦ってても、周りからはそう見えないよね」

「わかるー？　のんきだとか悩みなさそうとか言われちゃうんだよね」

「わたしの友だちにも、なっちんみたいなまろやかな顔の子がいてさー、真剣な話してんのにおもしろがらないで！　って怒鳴られたりしてた」

「本人はけっこう気にしてるんだよ。でも、まあやっぱりわたしは、ちょっとぼんやりしてるのかもだけど」

「それはそうだねー」

ウインカーの音が響き、車が角を曲がると、大きな木が風に葉を揺らしているのが見えた。

家に着いてすぐは平静を保っていたかおりは、無言で部屋着に着替えたあと、珍しく食事前にビールを飲み始めた。準之助は、なにかあったんだろうとこの先の展開を予期して自分も缶ビールを持ってきて向かいに座った。それから十分以上、まったく止まることなくかおりは今日職場であったことを言い続けた。

「なんなの？　なんでわたしにばっかりそういうこと言うわけ？　勝手にいい人ぶってるとか決めつけて」

言えば言うほど、言葉も怒りも湧き出てきた。

「わたしはね、他人のことにまで首突っ込みたくないだけなの。家族でも恋人でもない人のことでエネルギー消耗するのがいやなだけなの！　なによ、自分で自分のこと毒舌とか言って、毒舌っていうのは、芸があっておもしろいこと言える人のことじゃん。あいつのはただの悪口じゃねーか。毒舌とか言って、本音で生きてる善人だってアピールしたいのかよ」

「そやなー、わたしってこういう人だからって自分で宣言するやつはたいていおもんないなー」

向かいで片膝を立てて座っている準之助は、いつもの調子で言うとビールを飲んだ。こうしてちょっとずれたようなのんきなような受け応えをする準之助に、かおりは助けられるのを実感していたが、自分の話に同調してほしいのに物足りないと思うこともあった。

「おもしろくないだけならほっとけばいいけど、迷惑なの、実害被ってるの！　毎日毎日仕事行かないといけないのに、それがあいつのせいで全部すっごいやな気分にされてる」

「実害は困るよなー。早よどっか行ってくれたらええのにな」

準之助は手を伸ばして、かおりの頭を撫でた。かおりはそのあとも当分職場のことを言い続け、そのあいだに準之助は焼きそばを作った。

ゆらゆら揺れる削り節がかかった焼きそばをテーブルに置いて、準之助が言った。

「こないだ受けたって言うてたオーディション、あかんかったわ」

かおりは、準之助を見上げた。

「ごめんね。わたし、自分のことばっかり愚痴って」

準之助はかおりの真正面に座り、テーブルに肘をついた。

「バイトも変わろうかと思てんねん。深夜のほうがええかな、って」

テーブルの端に置いてある準之助の携帯電話が振動したが、準之助は確かめもせず焼きそばを食べ始めた。主任になる、つまり昇進する、ということを、かおりは言いそびれた。


珠子は、夏美の家で夏美の家族と夕食を食べ、あさみとみなみのリクエストに応えて、落書き帳に絵を描いていた。

「二人ともつぎつぎ勝手なこと言って。ごめんねー、たまちゃん」

「だいじょうぶ。結構いいかも」

子どもの相手をするのが苦手な珠子は、絵を描いていれば間が持つのは楽だった。動物やアニメのキャラクターを描くと、おかあさんよりじょうず、と言ってもらえるし、子どもたちにクレヨンを渡してお題を出し合って、それでコミュニケーションができているような体《てい》になって、珠子は安心した。カラスの絵を描きながら、もしかして小さい子どもとこんなに長時間接したのは初めてかもしれない、と思った。

珠子の隣では、レナが太郎を膝に載せていた。太郎はレナがお気に入りらしく機嫌がよかった。洗い物を終えて振り返った夏美は、自分の家のいつものダイニングテーブルに珠子とレナが並んで座って子どもたちと遊んでいるのを、見た。珠子とレナは、見た目はちぐはぐな組み合わせだったが、普通に女友だちがいっしょにごはんを食べに来たようにも見えた。仲良くなって話が弾んでいるわけでもなく、特に珠子のほうは話題に困っているのに、なぜか、友だちみたいに見えた。

ぼんやりしていると、みなみが聞いた。

「おかあさん、おとうさんは？」

「もうすぐ帰ってくるって、さっき電話あったよ」

「ほんとかなあ？」

あさみが疑わしげな口調で言い、レナが声をあげて笑った。

十月の土曜日　ほどよい晴れ

二階の四畳半の半分本棚で隠れた窓から、黄色っぽい日差しが突き抜けて壁を照らしていた。窓枠の影が映る壁のぼんやりした明るさに、今日もまたこの時間か、と寝転がったままの水島珠子は思った。開くのを拒んでいるまぶたを無理に持ち上げると、すぐそばに迫っている机、開いたままのノートパソコンから垂れ下がるマウス、紙屑、色とりどりのペン、お土産にもらったお菓子の箱、ツボ押しグッズ、が見えた。

ごん、ごつん、と階下でなにかがぶつかる音が壁づたいに響いてきた。がしゃん。続いて、明らかになにかが割れた音が半分開いた襖のほうから聞こえた。しばらくの沈黙ののち、割れたものをごみ箱に突っ込む音。珠子は目を閉じ、布団に潜って丸くなった。寝直そう。今、下に降りると面倒だ。そうして目を閉じていると、十秒ほどでほんとうに眠った。

次に珠子の目が開いたのは三十分後だった。玄関の引き戸を開け閉めする音と、そして自転車が走っていく音が窓の外から聞こえた。さっきと違ってすぐに目はすっきりと開いたので、昨日脱いだまま床に放置していた服をもう一度着て、急な階段を下りた。

テーブルの上に、コーヒーとトーストが置いてあった。コーヒーは温《ぬる》くなり、トーストはすっかり冷めて表はかさかさ、裏側は水分でふやけていた。わたしに用意してくれたんだよね。珠子はテーブルの脇に立ったまま、トーストの茶色い焦げ跡を眺めた。珍しく気を遣ってくれるのはいいけど、人の都合は考えられない人なんだよな、お母さんは。とりあえず、マグカップを電子レンジに入れた。傍らのごみ箱を覗くと、瀬戸物の大きな破片が見えた。縁に青い唐草模様がある。だいぶ前になにかのお返しでもらった気に入っていない大皿だった。大きさだけはちょうどよかったので、どうでもいい気持ちともったいない気持ちと入り交じって見つめながら、珠子は新聞紙を上からかぶせた。

てぃろりんてぃろりん、と陽気なメロディで、電子レンジがコーヒーを温め終わったことを告げた。コーヒーは意外にも香りが蘇り、散らかった台所の空気を浄化した。

珠子はコーヒーを一口飲んでから椅子に腰掛け、湿った食パンをかじった。もそもそと口を動かしながら、母も随分落ち着いたよな、と考えていた。昔と違って、今では突然泣いたり怒鳴ったりしなくなったし、物を破壊するのも一人のときにやって後片付けもするようになったし、コーヒーを用意するようにもなった。いつまでたっても珠子がコーヒーをあまり好きではないことは覚えてくれないが、仕方ないと思う。母はずっと一人でなにもかもやらなければならなかったし、余裕がないのだ。

今は、わたしにもそれがわかる。今は、だけど。

土曜出勤の本田かおりは、遅めのお昼を食べるために食堂に向かって図書館棟の前を歩いていた。頭上で大きく枝を広げている欅の木陰から、空を見上げた。濃い水色の空には、風に吹かれた瞬間のまま固まったような形の薄い雲があって、秋だという実感をかおりに与えた。図書館棟の前を通りかかったとき、自動ドアが開いて、スーツを着た人たちがぞろぞろと出てきた。見慣れない人ばかりだったので、なにか学外の人が来る会議だかシンポジウムだかがあったな、と思いつつ再び歩き始めたら、

「本田さん」

と呼ぶ声がした。

「本田さーん」

振り返るのと同時に、もう一度名前を呼ばれた。明るい灰色のパンツスーツを着た女の人が、大きく手を振りながら近づいてきた。

「そうだそうだ、本田さんだ。ここに勤めてるって聞いたな、と思って」

「あ、クロちゃん」

広い額を出してまとめた髪も全体に四角い感じの体格も、黒田《くろだ》洋子《ようこ》は高校のときと印象が変わっていなかった。

「土曜も仕事なんだ？」

黒田洋子は、特別に再会の喜びを表すこともなく、毎日会っている同僚みたいな聞き方をした。つられてかおりも、

「今日は、オープンキャンパスで駆り出されてるの。二時半から午後の部があるんだけど、その前に学食にお昼行こうと思って」

と平静に答えた。洋子は眠そうな目で、眠いわけではなくて高校のときもずっとそうだったとかおりにはっきりと思い出させる重そうなまぶたで、言った。

「わたしは生涯教育のシンポジウム。高校生の相手なんか、うっとうしそうだね」

「もうー、めんどくさいよ。最近は、生徒より親が」

「学食っておいしい？」

クロちゃんはいつも真摯《しんし》だ、とかおりは少し笑ってしまいながら答えた。

「まあそれなりに」

「じゃ、わたしも食べよう」

洋子のほうが先に立って歩き出した。かおりは、なんとなくうれしくなって、日替わりがおいしいのよ、と言いながら足を速めて洋子に並んだ。

カフェテリア方式の学生食堂は、平日よりは少ないが、それでも半分以上席が埋まるほど人がいた。派手な色のジャージを着た子や楽器を持った子も多いので、騒々しかった。

「空気が、澱んでないっていいな」

トレイを持った黒田洋子は、乱雑になった椅子やテーブルのあいだをさっさと歩き、窓際のテーブルが空いたのを目ざとく見つけた。二人が向かい合って席に着くと、ちょうど真後ろにいた女の子がコップをひっくり返し、周りが大げさな叫び声をあげた。

「そう？　暑苦しいっていうかうるさいっていうか、毎日いると疲れるよ」

「長年積もった澱みはタチ悪いよお」

学年で一番か二番という成績だった黒田洋子が国立大学卒業後に国家公務員になったことについては、同級生たちから何度か聞いた。その報告の最後には必ず、頭よかったもんね、まじめだったもんね、という言葉が添えられた。そのたびにかおりは、クロちゃんはおもしろいのに、と異議を申し立てたい気持ちになったが、実際に申し立てることはなかった。コロッケセットを食べながら、今は大学教育の部署で仕事をしていること、五年前に同僚と結婚して官舎に住んでいること、この一、二年特に忙しくなって抜け毛が増えて心配なこと、高校の同級生には全然会わないこと、などを聞いた。かおりも、同じ程度に近況を報告した。洋子がコロッケに添えられているキャベツがおいしいと繰り返すので、かおりは自分の皿の分も提供した。

「クロちゃんは、教育関係の仕事したいって揺るぎなかったもんね」

「人の役に立ちたいんですよ、わたしは」

そう言って味噌汁をすする洋子の化粧っけのない顔に、かおりは感動に近い気持ちを覚え、しばらくじっと見てしまった。

「夏美が雑貨屋さんやってて、また遊びに行こうと思ってるんだけど」

かおりは携帯電話を開いて、「Wonder Three」の店内の画像を見せた。

「田中夏美か。人の話聞いてないとこあるのに商売やってでだいじょうぶなんだね」

「それぐらいのほうがいいのかも。いちいちお客さんの言うこと真剣に受け止めてたら雑貨売るどころじゃないもの」

「なるほど。これ、子ども？」

「そうそう、三人いてね……」

かおりは別の画像を何枚か見せた。こっちがいちばん上で五歳だったかな、この子がいちばん下で太郎っていうの、いい名前だよね、とかおりが解説するあいだ、洋子は眉間に皺を寄せて画像を凝視していた。そして、腕組みして言った。

「三十になったし、産むなら早くしとかないと、だなー。夫が今九州赴任中で、一人じゃ育てるの無理だから、焦る」

焦る、なんていう言葉からほど遠い、変化の乏しい洋子の表情を、かおりは窺い見た。洋子はプラスチックの湯呑みから温くなったお茶をすすり、

「夫婦揃って働きすぎですな」

と他人事みたいな言い方をした。

「大変そうだね。仕事」

かおりは言ったが、洋子はそれには答えないで、テーブルに置かれたかおりの携帯電話を操作して、夏美と子どもたちの画像を繰り返して見た。見ているうちに、洋子の表情は少しずつやわらいでいった。

「かわいいな。似てるし」

「クロちゃんて子ども好きなのかー。意外」

かおりが言うと、洋子は不思議そうな顔でかおりを見た。

「子どもが好きだから教育の仕事やってるんじゃん」

「なるほど」

黒田洋子は、学生たちを見回し、それから喫茶コーナーのカウンターに目を留めた。

「ソフトクリーム、五種類もある」

「食べる?」

「会場戻らないと。わたし、午後一番目の発表者だから」

「えっ? だいじょうぶなの? こんなとこでのんびりして」

かおりは驚いて、壁の大きな時計と自分の腕時計とを見比べた。

「得意だから」

真顔で言った黒田洋子は、トレイを持って立ち上がった。

かおりが学務課に戻ると、デスクの上に分厚いファイルが山積みされていた。その上にメモがクリップで留めてあり、池上玲子の字で愛想のない指示が書いてあった。右上がりの尖った文字が神経質そうで、それだけでかおりの午後の気力を削いだ。ちらっと視線を上げると、いちばん奥のデスクに池上玲子が座ってどこかと電話で話していた。たいした仕事もないはずなのに休日出勤してわたしへの嫌味かよ、と憤慨しつつ、オープンキャンパスの資料を抱えてさっさと外へ出た。

学生たちよりもっと若い、ほとんど子どものような男子高校生たちが校舎の前を歩いていた。とんぼが彼らのうしろを飛んでいることに、気がついたのはかおりだけだった。

ドアが開いてまた新しい客が入ってきたので、春日井夏美は、

「いらっしゃいませー」

と明るい声を上げた。

カーテンのカタログが置いてある奥のテーブルでは、あさみがクレヨンで絵を描いていた。朝十時の開店から、お昼ごはんに休憩した一時間弱を除いて計四時間近く飽きることなく何枚もの紙を線や色で埋め続けていた。紙は「春日井デザイン」から調達してきた古い図面用紙の不要分で、普通の画用紙より大きいのがいっそうあさみをよろこばせていた。

通りから店の奥を窺うように覗いていた女の人が、遠慮がちにドアを開けて入って

きた。

「こんにちは」

細い体つきで灰色のカーディガンと黒のタイトスカートを着たその女性に気づいた夏美は、ドアのほうへお客さんのうしろをすり抜けていった。

「後藤《ごとう》さん。わあ、お久しぶりです、どうしたんですか、来てくれたんですか、うれしい、っていうか今日土曜日だけどお仕事ですか？」

「ちょっと用があって。ずっと来たかったんだけど、なかなか……」

後藤さんは、店内に客が二人いるのを気にして隅に体を寄せたので、夏美は店の奥へ後藤さんを案内した。

「店開いてるときって、後藤さんは基本お仕事だし、休みの日にわざわざこっちまで出られないですもんね。ゆっくりしてってください」

後藤さんは、直樹の実家の「春日井デザイン」で直樹が小学生のころから経理事務をやっている人だが、家庭の事情で三年ほど休職していた。そのあいだ、夏美が事務を手伝っていたのが、後藤さんが今年の春から復帰したので夏美もこの店を始めることにしたのだった。

「お構いなくね。忙しいでしょう。土曜日だもの」

「いえ、全然」

夏美が答えると、黄色のクレヨンを握ったままのあさみが言った。

「忙しくないと困るじゃーん」

「あさみちゃん。おねえさんになったのねえ。おばさんのこと覚えてるかしら？」

笑いかける後藤さんを、あさみはじっと見た。そして妙にはきはきと答えた。

「おとうさんの会社にいた人です」

「後藤さんよ、後藤さん」

夏美が名前を教えると、あさみはちゃんと復唱した。

「ごとうさん、こんにちは」

「下の二人は、うちの両親と動物園行ってて」

「わたしは、お店のほうが楽しいよ。動物園なんか赤ちゃんの行くとこだもん」

「わたし、ってちゃんと言うのね」

後藤さんはあさみの頭を撫でた。

「後藤さんが戻ってきてくれてほんとによかったって、義父《ちち》も義母《はは》もよろこんでますよ。わたしじゃ手伝うつもりが余計に手間増やしちゃって……。後藤さんにもご迷惑おかけしてませんか？　計算間違えてたとか？」

「ああ、多少ね。でもだいじょうぶ」

「やっぱり後藤さんじゃなきゃって、わたしが仕事してるあいだも何回も言ってましたもん。直樹もかなり頼ってたみたいで」

後藤さんはずっと母親と二人で暮らしていたが、母親の病気が悪化して介護をしていた。今年の初めにその母親が亡くなって、夏美たちもお通夜には出席した。お通夜のときも、後藤さんはいつもと変わらず穏やかに落ち着いて見えた。

「直樹くんは、サッカーボールばっかり転がして泥だらけだったのにねえ」

後藤さんは笑った。夏美と直樹の出会いは小学校一年で同じクラスになったことだったので、夏美も当時の直樹の姿をおぼろげに思い出したし、そのころも直樹の家では後藤さんが仕事をしていたのだと思うと、違う進み方の二つの時間が重なったような、落ち着かない感触がした。

「そうですよね、泥だらけだったなー。毎日なんも考えてなかった、って言ってました。あ、いらっしゃいませー」

客が続けて入ってきた。後藤さんは店内を少し見たあとで、奥のテーブルのあさみの前の椅子に腰掛けた。あさみは自慢気に言った。

「わたしね、イラストレーターになるから、しゅぎょうちゅうです」

先月遊んでくれた珠子の絵を描く様子を見て以来、将来の夢がイラストレーターになった。魔法使い、宇宙飛行士、悪と戦う人、と変遷してきた中では、かなり現実的な職業だった。あさみが握りしめたクレヨンの先が、ウサギみたいなネズミみたいな生き物を描き出していった。向かいに座る後藤さんは、その線の動きをじっと見つめて微笑んでいた。

やっと客が途切れたのは、三十分以上あとだった。

「ありがとうございます、相手してもらって」

「やっぱりいいわね、子どもがいるって。毎日賑やかでしょう」

「いやー、三人だとゆっくり楽しんでる暇ないっていうか、どんどん時間が過ぎてくし、子どもばっかり成長して自分のことはなんにもできなくてだいじょうぶかなって、思ったりします」

レジカウンターの上を片づけながら話す夏美と、いつのまにかクレヨンを放棄して家から持ってきた折り紙でごそごそしているあさみを、後藤さんは交互に見てから言った。

「子どもがいてもいなくても、年取ると事情ばっかり増えちゃうのよね。なかなか思うようにはできないわ」

後藤さんが自分自身に対して言っているようにも聞こえたので、夏美は次になにを言ったらいいのか戸惑ってしまった。あさみは、さっきから熱心に折っていたものを後藤さんに差しだした。

「はい、コップができました」

「ありがとう」

後藤さんは受け取った紙のコップを開いて、中を覗いた。

「ごとうさん、ここにお名前を書いてください」

「はい」

あさみに手渡された黒いペンで、後藤さんは黄緑色の折り紙の折り返された白い部分に、ごとうさちこ、と書いた。

「あさみちゃんのも、作ってあげる」

後藤さんは橙色の折り紙を取って手早くコップを折り、かすがいあさみ、と黒いペンで書いた。学校の先生のような、やわらかいとてもきれいな文字だった。

かおりが黒田洋子を連れてアパートの二階の部屋に帰ると、ドアを開けて出迎えたのは二日前から東京に遊びに来てここに泊まっている中学の同級生の西ちゃんだった。

「あ、おかえりぃー」

「こんばんは」

「高校の同級生の、クロちゃん。で、中学の同級生の西ちゃん」

紹介しながらかおりは、高校とか中学とか、三十過ぎたらどっちもたいして変わらないのに、と思って自分で笑った。

「準之助は？」

「ビール買いに行った。ごはんも用意してくれてるで。ようできた彼氏やな」

と言った西ちゃんもよくできた宿泊者で、座卓にはデパ地下で買ってきた惣菜とここで作ったつまみを並べていた。

「あれ、クロちゃんて飲むんだっけ？　ビールでよかった？」

「なんでもいいよ」

そういえば黒田洋子とお酒をいっしょに飲んだことがないのはもちろんのこと、並んで二人でごはんを食べたのも今日のお昼の学食が初めてだったかも、とかおりは今さら気がついた。洋子は座卓の前に正座して、本棚に並ぶ本のタイトルを端から順に確かめていた。

準之助が帰ってきた。

「一人増えてるやん。電話してえや」

「したよ」

「あ、そうやった、そうやった」

四人で囲むと、座卓は狭かった。準之助がいつもに増して調子よくしゃべっていて、かおりはふと、緊張してるのかも、と思った。準之助はやたらと黒田洋子に話しかけていた。

「へえー、文部科学省なんすか！　そんな偉い人初めて会いました」

「わたしは役者に会ったのは、一、二……四人目」

「結構いてるんや。おれはその中ではどんな感じですか？　いけてますか？」

洋子は準之助の顔を査定するように見てから、言った。

「ジャンルによるんじゃないですか。役者は見極める能力が重要だから、自分を生かせる場所を選べば」

「やっぱそうかあ」

「賢い人の答え方や」

ビールを飲んで陽気な西ちゃんが言うと、すぐに黒田洋子が切り返した。

「どういうところが？」

「えーっと」

「深く考えずに言ったんだね」

洋子も西ちゃんも楽しそうだったので、かおりはうれしかった。

一時間後、ビール三本と缶チューハイ一本を続けて飲んだ黒田洋子は、畳に転がって寝てしまった。かおりと西ちゃんで部屋の隅へひっぱり、毛布を掛けておいた。

西ちゃんは昨日と今日行ってきた展覧会や会った友だちのことを報告してくれた。

「東京って、景気ええねんなあ。昨夜《ゆうべ》もお客さん乗ってるタクシーばっかり次々通ってびっくりしたわ。こんだけようさん人おったら、どんな商売でもやってけるよねえ」

「でも、結構お店閉めちゃったりしてるよ。ここの商店街でもわたしが気に入ってたとこばっかり、喫茶店と中華料理と花屋となくなって」

かおりは立ち上がって、台所へ飲み物を取りに行った。

「いやー、全然やで。こないだ帰ってきたとき見たやろ？　ウチの駅前なんか、コンビニさえなくなったんやから。なんだかんだいうても、仕事もいっぱいありそうやもん」

「まあ、ぼくらみたいなんは、東京じゃなかったら生きていかれへんっていうか。ありがたい場所やわ」

「じゃあ準之助くんはもうずっと東京なんや。神戸に戻ることはないの？」

かおりは手を止めて次の言葉が聞こえるのを待った。今の状態が続くという以上のことについて、準之助ときちんと話し合ったことはなかった。今の暮らしで精一杯っていうことなのか、今のままでいいって思っているからなのか、自分でも曖昧なままにしていた。冷蔵庫の中では、さっき準之助が買い足してきたビールの缶が黄色い光に照らされていた。準之助は特に考える様子もなく、西ちゃんに返答した。

「うん。なんかおやじが店継いでくれとか言うてくることあるけど、本気にしてへんし。西ちゃんも、このまま東京に住んだら？」

「無理無理。今朝、通勤ラッシュの電車に乗ってもうてんけど、もう完全に身動きできへんていうか、足浮いてるー、って死にそうになってるのに、隣見たら女の人が他人の背中で参考書広げて勉強してんねん。社会保険労務士かなんかの。うわー、遊びに来てこんな時間に電車乗ってごめんなさい、わたしが悪うございました、ってとりあえず次の駅で降りて歩いた。そこまでがんばらなあかん街、わたしには無理」

力説する西ちゃんに、かおりは緑色のロング缶を手渡して、横に腰を降ろした。

「東京だからってそんな人ばっかりでもないけど……」

「わたしは奈良でぼちぼち生きたいわ。って、そんな都合のいい仕事ないねんけどな。そこそこで生きていくことがなんでこんなに難しいんかなあ。普通ってほんまにすごい大変なことみたいな気がしてきた、最近」

西ちゃんがそう言ったのを聞いて準之助がふと考え込むような表情になったことに、かおりは気づいた。なにか言ったほうがいいのかな。今じゃなくて、クロちゃんや西ちゃんが帰ってから。

突然、

「どうにかしたい」

と、俯せに倒れたままの黒田洋子の頭のほうから声が聞こえたので、残りの三人は振り返った。洋子はとてもゆっくりと起き上がり、背中を向けたまま正座すると、

「いろんなことを、どうにかしたい。どうにかしないと、だめだ」

と言った。

珠子は、母の店の裏手にある焼鳥屋のカウンター席に、光絵と並んで座っていた。

煙のせいで、店内は全体にうっすらと白かった。

光絵の就職が決まったお祝いだった。乾杯をして梅酒を一口飲んでから、珠子は言った。

「そうかー、引っ越しちゃうのか」

「自転車通勤しようと思って。しばらく乗ってないと、あのラッシュに耐えるのはもう無理っぽい。久々の一人暮らしだから、楽しみぃ」

光絵はハイボールをがぶがぶ飲み、キャベツをかじった。

「たまちゃん、わたしがいないとさびしい？」

「そうだねえ」

光絵が実家にいるあいだ、そんなにしょっちゅう会っていたわけでもないのだが、また離れたら年に二、三度会うか会わないかになって、そうしてすぐに何年もたってしまうんだろうな、と珠子は思った。ずっと地元に住んでいるが、光絵以外の近所の友だちは苦手で、スーパーなどで見かけても思わず隠れてしまうこともある。三十過ぎてもここに住んでいる限り行動が中学生のままなのかもしれない、と不安になった。

珠子の鞄の中で携帯電話が鳴っていることに、光絵のほうが気がついた。珠子が取り出した携帯電話に表示された「森野新太」という文字を、光絵は瞬時に読み取った。

そして、珠子は光絵と目を合わせ、頷いて見せてから電話に出た。

「はい」

「森野です。あのー、今そちらの駅のとこにいるんですけど」

「駅？　うちの？　今？」

「そうですね。水島さんは仕事中？」

「いえ、仕事じゃないけど、今ちょっと友だちと……」

目が泳いでいる珠子に、光絵は手ぶりをまじえて言った。

「なに言ってんの？　呼んで、呼んで。邪魔だったらわたしは帰るから」

ちょっと待ってもらえますか、と言って珠子は携帯電話を耳から離して手で押さえた。

「光絵、いてくれたほうが、気楽かも……」

「なんでもいいから、早く呼んでってば」

光絵の勢いに押されて、珠子は再び耳に電話を押し当てた。

「あのー、友だちとごはん食べてるんだけど、よかったらいっしょにどうですか？　焼き鳥、このへんだといちばんおいしいとこなんで」

「わかった。どこ？」

珠子は道順を、過不足なく説明した。はいはい、と森野新太も簡単に返事をして電話は切れた。

「来るって」

「もっと喜びを表現しなよー。きゃー、ほんとー、ありがとうー、うれしすぎるー、って」

「……光絵、わたしたちの体の中にそんなかわい子ぶった部分はもう一ミリもないよ」

店の奥のテーブル席では、茶色い髪をくるくる巻いた若い女の子たちが、向かい合わせに座った男の子たちに、光絵が珠子に希望する甘ったるい声で話していた。

「なくても作り出すんだって。だいたい、まだ彼女いるかどうか確認してないなんて信じられない」

「だって、聞いたら明らかにわたしが気にしてますって感じになるし」

「恥じらったり迷ったりしてる時間はないよ、うちらには」

光絵の目は真剣、というよりもほとんど珠子を脅迫しているように見えた。

「そうか」

珠子は頷いた。

珠子の説明が的確だったので、森野新太はもう店の戸を開けて入ってきた。光絵はわずかな時間で森野新太の頭からつま先まで視線を往復させて確認し、愛想のいい笑顔を作って自分と珠子のあいだに座らせた。

カウンターの前を仕切るガラスの向こうでは、串に刺された鶏肉から脂が落ちるたび、小さなオレンジ色の炎が立ちのぼった。運ばれてきたねぎまを一口食べた森野は、

「うまい」

とつぶやいた。珠子の顔が途端に明るくなった。森野はもう一本もすぐに平らげた。

「いい店知ってるね。味覚がまともな人って信用できる」

「森野さん、男前ですね！」

突然の光絵の断言に、珠子は驚いて串を握ったまま固まってしまった。

「はあ」

森野は不審そうに返事して、ジョッキのビールを飲んだ。すぐに光絵が言った。

「飲みっぷりが素敵です！　そんな森野さんはもちろん彼女いますよね？」

珠子は、森野の肩越しに光絵を凝視した。森野はジョッキを置いてから答えた。

「いません」

「あ、結婚も含めてですよ。彼女はいないけど奥さんはいるとかのたまったら、本気

でキレますから」

「ないです」

「もしや、女性に興味がないとか」

「普通にあります」

「素晴らしい」

光絵は拍手でもしそうだった。

携帯電話が鳴り、森野は電話を持って店の外へ出た。空いた座席に身を乗り出し、光絵は得意そうに言った。

「ね、簡単じゃん。わたしたち、もう最短距離で行くしかないと思うよ。失恋したって、三日で立ち直ればいいの。わたしが酒でも旅行でもなんでもつき合ったげるから」

「ほんとかなあ」

珠子はグラスに残っていた梅酒を飲み干して、お代わりを注文した。若いアルバイトの男の子は、カラーコンタクトなのかフクロウの羽根みたいな色の目をしていた。

森野はすぐ戻ってきた。光絵が立ち上がった。

「わたし、用事思い出したから帰ります！」

そしてほんとうにそのまま帰った。うしろ姿に手を振った森野は、

「いい友だちだ」

と、珠子の顔を見て言った。

「うん。そう思う」

「焼き鳥、なにが好き？」

壁に貼られた品書きを見上げて、森野が聞いた。その顔の輪郭線を、珠子は目で辿った。こうして再び見ることができてやっぱりうれしいと感じていることは、認めるしかなかった。

「砂肝とレバー」

「どっちも苦手」

と森野は言った。


直樹が仕事から帰ってきたのは、子どもたちが寝てしまったあとだった。缶ビールを持ってテレビの前に座った夫に、夏美は後藤さんが店に来たことを話した。Jリーグの試合結果を眺めながら聞いていた直樹は、ダイニングテーブルを拭いていた夏美

を振り返った。

「後藤さん、辞めたいって言ってるらしいよ」

「えっ、ほんとに？」

「引き留めてるけど、あんまり無理は言えないからなあ。名古屋に住んでる妹夫婦のとこに行くかもしれないって」

「そうなんだ……」

事情、と言っていた後藤さんの横顔を、夏美は思い出してみた。お母さんと二人で長く暮らしていて、そのお母さんがいなくなって。長くつき合っていた男の人とも遠距離になって結局別れてしまったらしい。自分とは状況の違うその生活を、大変そうだなんて軽々しく言って想像したつもりになってはいけないのかもしれない、と思いながら洗った布巾を干した。

スポーツニュースが終わってチャンネルを変えていた直樹が言った。

「あー、そういえばこないだ、幸男さんと彼女、見かけた」

「いつ？　どこで？」

夏美は、ダイニングの椅子を一つ直樹のほうに向けて座った。

「池袋でディスカウント屋の前を通ったときに」

「早く言ってよ」

「別に、普通に電化製品見てただけだし、邪魔かと思って声もかけなかったし」

「電化製品って？　テレビ？　冷蔵庫？　洗濯機？　それかパソコン関係？」

「なんだっけ、なんか女の子の、ドライヤーじゃなくて、こういう……」

直樹は握った手を前後に動かして説明しようとした。

「ヘアアイロン？」

「あー、それそれ、たぶん。特売で店の前に置いてあって」

重要ではないところを話す直樹に、夏美は気がせいた。

「どんな子だった？　おにいちゃんは？　どういう態度だったの？」

「どんなって、別に普通だって。普通に、見ながらしゃべったりとか」

「普通じゃわかんないって。お母さんもレナも、普通だって言うし……。なんなの、普通って」

夏美の頭の中には、ディスカウントの店と、ヘアアイロンや幸男のうしろ姿と、母やレナから聞いた情報からモンタージュしたその彼女の姿が浮かんでいたが、どれもばらばらで一つの画面には収まらなかった。

夏美がなんで苛ついているのかまったくわからない直樹は、ビールの缶を握ったまま、夏美の顔をじっと見た。

「そんな興味あったの、幸男さんに」

そう言われて、夏美の頭の中の光景は分解して消えてしまった。夏美は、テレビで流れている炭酸飲料のCMを興味もないのに最後まで見たあとで、

「わからない」

とだけ言った。

襖の向こうから太郎の泣き声が響いてきて、夏美は立ち上がった。

十一月の木曜日　冬の気配、晴れ

窓とカーテンの間から流れてくる冷たい空気を感じて、本田かおりは目を覚ました。朝起きたくなくなる季節がこれからまたやってくるんだなあ、と思いながら布団を抜け出して襖を開けると、ダイニングテーブルで準之助が牛乳を飲んでいた。

「おはよ」

準之助は振り返ると、あくび交じりで言った。朝五時まで営業している居酒屋でバイトをしていて、帰ってくるのはだいたい六時すぎだった。朝の情報番組をやっているテレビはボリュームが絞られていた。そんなに気を遣わなくてもいいのに、と思ってかおりはリモコンを取って音量を上げた。デパ地下の新作スイーツランキング、と甘えたしゃべりかたの女子アナがいつもと同じ笑顔で読み上げた。

「コーヒー淹れよか？」

「いいよ、自分でするから」

やかんに水を入れつつ、なんか棘のある言い方になったかも、とかおりは気になってちらっと振り向いた。準之助はまたあくびをしたあと、テレビ画面に映った栗ロールケーキに向かって、

「これ、うまそー。食いてー」

と言っていた。そしてお湯が沸く前に、風呂に入った。

かおりがコーヒーと食パンだけの朝食を済ませて、着替え終わったころに準之助が風呂から出てきた。テレビは占いコーナーになっていた。かおりの星座は「ついてない人」だったので、ほかのチャンネルに替えた。

「かおりちゃん」

バスタオルで短い金髪を拭きながら、準之助が言った。

「なんか、こないだから無言電話かかってるかも。夕方ぐらいかなあ。無言っていうか、留守電のぴーって音が鳴ったら切れるねん。非通知で」

準之助の顔には、拭いたばかりなのにまた汗が浮かんでいた。かおりは何秒かその顔をじっと見てから、

「なにそれ？　いつから？」

と聞き返した。

「わからんけど、先週もかかってた」

かおりは部屋の隅に置かれた電話機のボタンを押した。今はほとんど使っていない固定電話は、常に留守電の状態にしてある。着信記録を確認すると、この一週間の間に合計八回、非通知の着信があった。

「ほんとだ。なに？　気持ち悪い」

と反射的に言ったものの、思い当たることがなにもないので、そんなに不安なわけでもなかった。準之助はコップに残っていた牛乳にかおりが淹れたコーヒーを足して飲んだ。

「今度かかってきたら、おれ、出よか？」

「いいよ、ちょっと様子見る」

テレビの左上に表示された時刻を見るといつもの自分の行動より四分遅れていることに気づいて、かおりは慌ててまだ湯気の残る洗面所へ向かった。

別のチャンネルの占いでは、かおりの運勢は良くも悪くもない順位だった。ラッキーアイテムは赤い鞄だったが、そんなのは持っていなかった。

「いってらっしゃい。がんばって」

玄関で準之助が言った。もう目が半分眠りかかっていた。

「うん。おやすみ」

アパートの階段を下りる音が昨日より高く響くように聞こえて、やっぱり季節が変わったんだな、とかおりは思った。


隣の家の古い時計がぼーんぼーんと十一回打つのを聞きながら、水島珠子が狭くて急な階段を下りると、祖母は奥の部屋とを仕切る襖を開けて、珠子のほうを見ていた。

「あんた、遅くまで起きてんだね」

祖母はベッドに腰掛けたままではあったが、ちゃんと洋服に着替えていた。一階の奥の部屋は日が差さないので白い蛍光灯がついていて、人工的な明るさに祖母の右足のギプスが目立って見えた。

「もうちょっと健康的な生活しないと、老化が早まるよ」

「実感してる。ごはん食べた？」

今朝も背中の痛みを引きずりつつ起きてきた珠子は、両腕を前方に思いっきり伸ばした。

「作るんなら食べてもいいよ」

一週間前に、祖母のしづは団地の階段でつまずいて、足首の上のところが折れた。大腿骨や骨盤だと一大事だが、幸い、多少時間はかかっても元通りに歩けるようになると医者は言った。ただ、団地の三階で一人暮らしというのは難しいので、当分この家で生活することになった。

「お母さんは？」

「仕入れがあるとかなんとか言いながら出かけてったよ。京子はいつもせわしない、落ち着きがない」

「うん。そうだねえ」

珠子はとりあえずやかんに水を入れてコンロにかけた。

母の京子は子どものころ親戚に預けられていたとか、珠子が生まれた前後は母は家出同然で祖母とは音信不通だったとか、断片的には二人から聞かされていた。そのどの時期からかはっきりとはわからないが、母と祖母は長時間いっしょにいるとお互いに居づらい気持ちになるようで、祖母がここに来てから母は理由をつけては家を空けていた。

珠子は自分のお茶の準備をし、冷蔵庫を開けて残りものを見てこれから作る料理を算段した。鍋にお湯を沸かし、キャベツを切っていると、祖母が聞いた。

「あんたも出かけるのかい?」

珠子は手を止めて、しづを見た。青白い蛍光灯の光に照らされると、肌の色が抜けていっそう年を取って見えた。

「なんで?」

「時計、何回も見てるから」

珠子は思わず壁にかけられた丸い時計を見上げた。これから仕事をして四時には家を出よう、とそういえば何度か確かめた。

「娘も孫も、動けない年寄りを置いて行くんだねえ」

珠子が返答に戸惑っていると、しづは笑った。

「珠子はシャレが通じないから。まじめすぎるとモテないよ。三十過ぎた孫の行動なんていちいち気にするほど時間は残されてないんだよ、わたしには」

しづは襖の枠や椅子の背に摑まって立ち上がり、食卓の椅子に腰掛けた。珠子は淹れたばかりのお茶をしづの前に置き、

「わたしが出かけたらなにしてる?」

と聞いた。しづはすぐに、

「読書」

と答えた。


「Wonder Three」の店内には、春日井夏美とみなみと太郎の声が響いていた。

「ちょっと、みなみ！　走ったらだめだってば」

みなみはきゃっきゃっと笑いながら店内をぐるぐる走り回っていた。

「あー、だっだっ」

太郎は、店の奥の床に座り込んで木の汽車を握りしめて上機嫌で、みなみを見て応援でもするみたいに声をあげていた。今日はみなみと太郎の通う保育園は親子遠足の代休で、夏美は二人を店に連れてきていた。同じ保育園の母親友だちの塩田《しおた》さんと佐々木《ささき》さんが、それぞれの子どもを連れて店に入って来た。

「こんにちはー。わあ、ほんとに雑貨屋さんなんだ」

「羨ましいー、わたしもお店とかやってみたい」

太郎と同じもも組の子ども二人は、ベビーカーで熟睡していた。みなみの嬌声にも起きる気配はなかった。

「ごめんなさい、大騒ぎしちゃって……。もう、この線から出ないことって、約束したじゃない」

みなみは一瞬ぴたっと止まったが、

「それはー、たろうだよ。みなみは出てもいいのっ」

とうれしそうに言うと、またぐるぐる回り始めた。塩田さんと佐々木さんは気にせず雑貨を見始めた。線から出ない、というルールなんてまだわかるわけのない太郎は、とことこと歩いてきて夏美の足を抱えると、

「まー、まー」

と繰り返した。赤ちゃんが最初に発音しやすい言葉は「まー」で、それを聞いたヨーロッパや中国の親たちは「ママ」を母親だと思い、日本の親たちは「まんま」をごはんだと思ったんだと誰かに聞いて、それがほんとうなのかどうか知らないけど、自分はやっぱり「ごはん」のほうが正解だと思うな。夏美は太郎を抱き上げた。

「おなか空いたー」

みなみが叫んだ。塩田さんと佐々木さんは店内を熱心に見ていた。

「ねえ、これって色違いで三つずつあるかしら？　今度、親戚の集まりがあるんだけど姉の子どもたちがなんでもお揃いじゃないと気が済まなくて」

「わあー、このピアスかわいい。似合うかな？　見てもらえる？」

「え、ちょっと待ってね」

夏美は、腕から抜け出そうと体をよじる太郎をあきらめて床に下ろした。塩田さんと佐々木さんが次々に質問するのに答えながら、夏美はふと思った。

こういうとき、レナが来てくれて、子どもたちの相手してくれたらすごく助かるんだけど。

そういえば、前にレナが来たのっていつだっけ？　バイトしてた洋服屋の店長になるから忙しくなるって言ってたけど、あれってもう一か月くらい前だったような……。

「やあああ」

みなみの叫び声とほとんど同時にがしゃーんとなにかが落ちる音がした。

「たろうが、こわしたー！」

みなみが大声をあげているレジカウンターのうしろへ夏美が走っていくと、そこには開いたままのノートパソコンが転がっていて、コードを振り回す太郎もいた。夏美はとりあえずキーボードを叩いてみたが、液晶は真っ暗なままで反応はなかった。

「えー、えー？」

「春日井さん、落ち着いて」

塩田さんと佐々木さんが同時に言い、彼女たちの子どもが二人ともベビーカーで泣きだした。

かおりは学内にあるカフェで、同期でシステム課の倉野《くらの》真由《まゆ》と横尾ちゃんとお昼ごはんを食べていた。システム課が離れた棟にあるせいもあって、かおりが真由と顔を合わせることは少ない。昨日の夜、真由から久しぶりにお昼を食べないかとメールが来たのだった。

中庭に面したカフェは騒々しい学生食堂に比べると職員の姿が主で、ＢＧＭのクラシック音楽もちゃんと聞こえてきた。

「妹さんの結婚式あったんでしょ？　どうだった？」

日替わりランチの和風ハンバーグを食べながら、真由がかおりに聞いた。

「オーソドックスに、花束贈呈とか両親への手紙とかあって、やっぱり泣かされちゃった」

二週間前の妹の結婚式は、あまりにも手順通りで、誰かの結婚式のビデオを見せられているような実感のない状態で進んでいったのだが、最後に自分以外の家族が全員泣いているのを見て、ようやくかおりも感慨に浸ることができたのだった。

「姉からのスピーチは？」

「ないない。わたし、そういうの苦手だもの。絶対無理」

「本田さん、すごく素敵なこと言いそうなのにー。妹さんも号泣したんじゃないですかー？」

横尾ちゃんは、ナポリタンのスパゲティをフォークに巻き付けて妙に楽しそうだった。

真由は、中庭の真ん中の黄色くなった銀杏の木を見ていたが、向き直って言った。

「わたし、結婚決まったの。三月で仕事辞めると思う。寂しいけど、福岡に行くことになって」

「えっ、じゃあ、あの学生時代からの彼氏ですか？　別れたって言ってましたよね？」

かおりより先に、横尾ちゃんが声をあげた。周りのテーブルにいた人たちが、こっちをちらっと見た。

「うん、三か月に一回ぐらいしか会ってなかったし春ごろには電話もほとんどしなくて……。でも、うちの母がね、ほんとにそれでいいの？　って。このままだめになってもいいの、ちゃんと会いに行って話しなさい、でないと後悔するよ、って言われて」

「えー、お母さんとそんな話するんですか？」

やっぱり横尾ちゃんが言った。かおりは真っ赤なケチャップのかかったオムライスを右端から着実に食べながら聞いていた。

「ううん、今まで全然そんなことなかったからさ、彼氏のこともあらためて相談したとかじゃないし。急に言い出すからわたしもびっくりしちゃったんだけど、なんていうか、やっぱり母親ってしっかり見てくれてるんだなーって」

ちょっと照れて話す真由を見ながら、かおりは結婚式で泣いていた母の姿を思い出していた。泣くのは、妹が出ていくのがさびしいからなのか結婚してうれしいからなのか、どういう感じなんだろうと思いながら、金屏風の前で花束を受け取る母を見ていた。わたしも、そろそろちゃんと母と話さないといけないのかもしれない。自分の、今のこと。こんな年になっていつまでも意地を張ってるなんて、情けないって思ってはいる。きっと、わたしのほうが母に対して壁を作っているんだ。

スプーンを置いて、かおりは言った。

「そうかあ。よかったね」

「いいなあ。おめでとうございます」

少々うっとりした調子で横尾ちゃんが言った。

「ありがとう。なんか、自分でも実感ないんだけど。福岡なんて、まだ二回しか行ったことないのに」

「真由ちゃんはだいじょうぶだよ。どこでも、楽しめそう」

「うん。そうだね」

真由は頷いて、残りのハンバーグを平らげた。

食後のコーヒーを飲みながら、真由が言った。

「三十過ぎると、母親とも女同士って感じで話せるのかも」

穏やかに微笑む真由を、かおりは素直に羨ましいと思った。

ゆっくりしていたら時間がぎりぎりになってしまい、かおりと横尾ちゃんは離れた校舎まで走った。


夏美は早めに店を閉め、みなみと太郎をいったん「春日井デザイン」に預けてあさみを迎えに行き、直樹の父に車で送ってもらって家に帰った。

五人分の食事の用意を急いでいると、ダイニングテーブルで落書き帳を広げて絵を描いていたあさみが、急に聞いた。

「おかあさんは、なんでおとうさんと結婚したの？」

夏美は手を止め、あさみのほうを向いた。あさみは、真面目な顔で夏美を見上げていた。テーブルの向こうの床に座り込んでいるみなみも、夏美のほうを見ていた。太郎はソファに寝かせていた。

きっかけとしてはあさみを妊娠したからなんだけど、そういうことを聞いてるんじゃないよね。夏美は包丁を置いて、手を洗ってから答えた。

「お父さんといると、楽しいから」

あさみは少し首を傾げ、なにか考えているような表情で少し間を置いてからまた聞いた。

「楽しかったら結婚すればいいの？」

「そういうわけじゃないけど、毎日楽しいほうがよくない？」

「おとうさんにも聞いてみたんだけど、〝らく〟だからって言ってたよ」

「らく……。お父さんにも聞いたの？　いつ？」

「昨日のごはんのあと。おかあさんにも聞いてなんて言ったか教えてって、おとうさんが言った。だから聞いたの。〝たのしい〟と〝らく〟ってどっちがいいの？」

「漢字で書いたらいっしょだけどねえ」

夏美が直樹と出会ったのは、小学校だった。一、二年だけ同じクラスだったが特に思い出深いできごとがあったわけでもなく、夏美が引っ越したので中学からは別のところで、高校を卒業してしばらくして地元の友だちと河原にバーベキューに行ったときに再会した。

あさみは来年の春には小学生で、ということは自分と直樹が出会った年になると気づいて、自分の子どもの成長って止まらないんだな、と夏美は思った。その分、わたしも年取ってるってことなんだけど。

クレヨンを握りしめたまま、あさみが言った。

「わたしは、結婚しない」

夏美は、あさみの隣の椅子に座った。

「なんで?」

「大人になったらいろいろ忙しいと思うから。イラストレーターになるし、おかあさんのお店をやるから」

「あの店?　あさみが?」

夏美が聞き返すと、みなみが元気のいい声を上げた。

「あーちゃんと、みなみのお店」

「二人でやる。それでもっと大きくてお金もらえるようにする」

あさみは真剣な顔だった。

「お母さんはどうするの?」

「おとうさんと遊んでていいよ」

「えー」

と夏美は笑ったが、あさみは真面目な顔のまま、再び落書き帳に黄色い曲線を描き始めた。花みたいに見えた。その線の内側がだんだんと塗りつぶされていくのを見ながら、夏美は「Wonder Three」の売り上げの数字を思い返した。あさみが大人になるまで続けられないだろうな。

「どうしようかな、お母さんは」

夏美は、夕食の準備に戻った。炊飯器からごはんの炊ける匂いが漂ってきた。


渋谷駅から十五分ほど歩いた場所にある美術館は、閉館間際で人も少なくて静かだった。薄水色の陶器をガラス越しに見ていた珠子に、森野新太が聞いた。

「おもしろい?」

珠子が振り返ると、新太はいつもの通り面白いのか面白くないのかわからない顔で立っていた。

「うん」

珠子は大きく頷いた。美術館の中で珠子と新太が交わした会話はそれだけで、あとは周りの静かさといっしょになって、順番に陶磁器や螺鈿細工の箱を見た。

仕事で事務所に戻らなければならないことを詫びた新太と、近くの店でピザを食べた。生地の上で溶けて混ざっていくチーズとトマトソースの境目ばかり、珠子は見ていた。

「水島さんって、前は、訳わかんないことっていうか、つまんないこと言う人だと思ってた」

「え？　なんだっけ？　なんか言ったかな」

珠子は多少うろたえつつ、だけどあまりにもピザがおいしいので次の一切れに手を伸ばした。

「自分は卵をパックから出さないまま冷蔵庫に入れてるし、買ってきたトレイのまま刺身をお客さんに出しても何とも思わないような、ちゃんとしてない人間だからダメなんだとか、泥酔して泣きながら言ってた」

「あー、そのとき読んだ雑誌に書いてあったんだよね、こんな人とは結婚したくないっていうアンケートで。刺身のトレイって柄とかついててお皿代わりにするためだと思ってたから移し替えるとか考えたことなくて、それでわたし小中学校で友だちできなかったんだ、と思って」

「こないだ、地元の友だちといたじゃん」

「うん、光絵だけだったんだ、友だち。今にして思えばなんで突然刺身のトレイなんかにこだわったんだろうって感じだけど、たぶんそのときいろいろうまくいってなかったんじゃないかな。落ち込むとすぐ、自分のいきづまりの原因をそういうちまちましたことに集約しちゃうから」

珠子は笑いながら、新太の表情をうかがった。新太は薄く微笑んで、珠子を見ていた。モッツァレラチーズとトマトを飲み込んでしまってから、珠子は言った。

「たいして変わってないかも。口に出して言わなくなっただけで。ばかみたいだよね、ほんとに」

新太はそれには答えないで、しばらくテーブルに並んだ皿を眺めてから言った。

「水島さんってけっこう食べるよな。前から思ってたけど」

「おいしいもの食べとかないと。死ぬまでに食べられる回数って限られてるよ」

珠子が主張すると、新太は運ばれてきたブラッドオレンジジュースを受け取りながら聞いた。

「あと何回？」

「平均寿命が八十五歳ぐらいだからあと五十四年として、一年で三かける三百六十五で、えーっと……」

「食い過ぎだろ」

新太は笑って、ピザを一切れ取った。少し冷めたピザはチーズが固まっていて隣のピザにくっついていった。珠子はとても楽しくて、隣のカップルにピザを運んできて目が合った店員がいい人に思えた。

仕事に向かった新太と別れて、珠子はせっかくだからもう少し歩こうかと遠まわりして騒々しい通りに入りかけた。背後から大きな声が聞こえた。

「たーまちゃーん」

驚いて振り向くと、高いヒールで足音を立ててレナが走ってきた。

「たまぴょん、もしかしてデート？　当たり？　なっちんに聞いたけど、イケメンなんだよね？　いいね！」

珠子は思わず笑ってしまった。ふわふわした気分が続いていたので、

「うん、すごくいいよ」

と答えた。レナは、まつげエクステを重ねたまぶたをぱちぱちと動かして聞いた。

「たまぴょん、暇？　お茶しない？　わたし足痛くて」

スターバックスの店内の席がいっぱいだったので、外に置かれたテーブルに向かい合って座った。少し寒かったが、ショートパンツにピンヒールのブーツで太ももを露出しているレナには気温なんてまったく関係ないようだった。バイト先がこのすぐ近くだというレナがしばらく一方的に職場の愚痴を言っていたので、珠子はカフェラテの紙カップを両手で持ったままひたすら相槌を打っていた。レナは生クリームのたっぷり載ったフラペチーノを飲んでいて、珠子は見ているだけで寒くなった。

お互いの飲み物がなくなりかけたころ、レナが言った。

「わたし、たまぴょんともう会うことないんだろな」

レナは、緑色のストローの先を噛んでいた。

「シンくんと別れたし、引っ越すからさー、なっちんとこももう行かないと思うし」

「そうなの？　でも元々夏美ちゃんと知り合いなんじゃなかった？」

「ビミョーにね。でもなんか、たぶん、行かないんじゃないかな」

レナは軽く笑った顔のまま、看板が賑々しい雑居ビルの前を行き交う人たちをしばらく眺めていた。

「自分が子どものときから親と住んでないせいもあると思うんだけどー、わたし、シンくんとなっちんの家族、わりと好きだったんだよねー。他人も家族もあんま扱いが違わないっつーか。なんか、自分も前からそこにいたみたいな感じがして」

「……わたしも、学生の時、夏美ちゃんの家で晩ごはん食べて、安心したことがある」

高校を卒業して一年間アルバイトをしてから大学に入った珠子が、同じ専攻だったかおりと気軽に話せるようになったのは入学して一か月ほど経ってからだったが、そう変わらない時期に近くに住んでいた夏美にも会うようになった。秋のはじめに、夏美の実家に誘われた。珠子は、その前日に母といさかいがあったしほかにもうまくいかないことが重なっていて、はっきり「家出」なんていうことではないけれどどこかに消えてしまえたらなあ、とぼんやり考えていた。かおりといっしょに夏美の家で夕食をごちそうになっているとき、夏美が珠子に向かって唐突に言った。

——だいじょうぶ？

——え、なにが？

楽しく食事や会話をできている、と思っていた珠子は、思わず聞き返した。

——わかんないけど、なんとなく、だいじょうぶかなって。

——なにそれ。

とかおりも夏美の父母も笑っていた。珠子もいっしょになって笑いながら、だいじょうぶだ、と思った。

わたしはたぶんだいじょうぶ。

あのときなにをそんなに落ち込んでいたのかは忘れたけど、その瞬間のこととそのとき食卓に並んでいた夕ごはんのメニューだけははっきりと覚えていた。

「気さくって言うかあのてきとうな感じって、ほっとするよね」

建物の隙間に吹き下りてくる夜風に当たりながら、レナは言った。

「だよねー。シンくんより、なっちんと悦子さんのほうが好きだったかも。まあ、他人でたまに会うだけだから気楽なんだろうけど。ほんとに身内で一生つき合わないといけないんだったら違うかもしれないし。血縁なんかさー、呪いみたいなもんだと思わない？」

茶化して笑うレナに合わせて頷きつつも、珠子は今なんて言えばいいのか、迷っていた。今度店長になるというバイト先のお店を聞いて遊びに行くよとか、自分のアドレスを教えてメールしてよとか、そういうことも浮かんだけれど、どれも社交辞令にしか思えなかった。たぶんもう会うことはないとわかっているレナに対して、どの言葉も珠子の口からは出すことができなかった。レナにはどんな小さな嘘もつきたくなかった。

「家族は好きとか嫌いとかそういう次元のものじゃなくて、どうにもしようがないこともあるかもしれないけど、それ以外の人、他人もいっぱいいるからいいんじゃない？　わたしとレナちゃんも、夏美ちゃんも、他人でついこの間まで縁もなかったけど、でも、こうして話せる」

「まあね。そこらじゅう、うじゃうじゃいるもんね、他人なら。これから話せる人がいっぱいいるってことだ」

レナは、珠子のイラストが載っている雑誌を聞くと、手帳にメモした。手帳には色とりどりのペンを使って細かい文字でびっしりと日記のようなものが書かれていた。きらきら光るシールがさらにその文字の隙間に貼ってあった。

「ばいばーい。彼氏と仲良くしてね」

レナは最初に会ったときと同じ明るい声で手を振って、交差点の人ごみにまぎれていった。珠子は横断歩道を渡り、地下へ降りた。

残業を終えたかおりは、駅前のチェーン店のパン屋で閉店時間ぎりぎりに食パンを買った。池上玲子はやっといなくなったがその分仕事は忙しくなって、ずっとこれぐらいの仕事量が続くのかと早くもうんざりした気分を抱えて商店街を歩いた。店が途切れるあたりで角を曲がると、女の人の叫ぶような声が聞こえた気がした。しかしいして気にも留めずに、携帯電話にちょうど届いた友だちからのメールを見ながら路地に入ると、今度ははっきりと、出ていきなさい、と聞こえた。顔を上げると、路地の突き当たりにあるアパートの二階の真ん中の部屋、つまり自分の住む部屋のドアが開いていて、玄関の明るい光に照らされた見覚えのある人のシルエットが目に飛び込んできた。

階段を駆け上がると、玄関前に立っていた母の実江が振り返った。そして、かおりの顔をじっと見て、ゆっくりと言った。

「あなたにはほんと、呆れました」

実江は唇を噛む仕草をすると、大げさにため息をついて、微かに震える声で続けた。

「結局、こんなことなのよね。人のことだましても平気なんでしょ」

がちゃっと音をたてて隣のドアが開き、滅多に顔を合わせない隣人の女子大生がこっちを覗いた。そしてすぐに引っ込んだ。かおりは、母の背中を押して玄関に入れるとドアを閉めた。結果、狭い玄関に実江とかおりが近すぎる距離で立ち、その前の廊下に準之助が対峙するという、息苦しい位置取りになってしまった。そのとき、非通知の無言電話と実江の顔が、かおりの頭の中でぱっと結びついた。

実江は、片づいた玄関に脱いである二十八センチのコンバースのスニーカーを見下ろして、それから準之助を睨んだ。

「心配して来てみれば、よりにもよってこんな、仕事もない男にお金を貢いでるなんて」

「違います、ぼくは……」

まだ事態が飲み込めてない様子の準之助は前に出ようとしたが、実江がすぐに遮った。

「あなたに聞いてません。こんなんだったら、心配してたとおり上司と不倫でもされてたほうがマシだったわ。少なくともお金は取られないだろうから」

「なに言ってんの？　誰がそんなこと……」

三人の体温で、玄関は蒸し暑いくらいだった。

「もう、あなたのことは一切信用しません。勝手になさい」

実江は涙ぐんでいた。

「ぼくのことで怒ってらっしゃるんだったら、謝りますしちゃんと説明もします。ぼくがきちんとしてなかったせいで、かおりさんは全然、どこも悪くないですから」

「当たり前よ。準之助、だなんて絶対主役になれない名前で役者志望なんて、とんでもないわ」

かおりは、言いたいことがいっぺんに押し寄せてきて、しかし、目の前の母の言う内容が自分たちの状況とはかけ離れすぎていて、なにも言うことができなかった。心のどこかで、お母さんも準之助に会ったらあのへなへなした雰囲気に感化されて案外受け入れてくれるのではないか、などと甘いことを考えていた自分を悔やんだ。

「ほんとうにショックだわ。裏切られた思いでいっぱいです」

そう言うと、実江は涙を抑えて出ていった。ドアは風のせいで乱暴に閉まった。ほんまにごめん、と謝り続ける準之助に、かおりは、

「ごはん食べた？」

と聞いた。

十二月の金曜日　冷たく澄んだ空気

路地を照らす日差しは随分と低い角度になっていて、両脇にひしめく植木鉢の植物も黄味がかった色に見えた。

水島珠子は玄関から自転車を出した瞬間に、冬だ、と思った。狭い路地で植木鉢を倒さないように角度を変え、手袋をはめ直した。自転車を押して歩きだすと、空気の冷たさはすぐに慣れてしまう程度のものだった。小学生のころは水たまりが凍ってたこともあった気がするけどなー、と思いながら大通りまで出て信号の手前で自転車にまたがろうとしたところで、買い物から帰ってきたらしい母に会った。母のほうも自転車に乗っていた。

「出かけるの」

「仕事」

珠子は素っ気なく答えた。母の京子と珠子の会話は、子どものころから必要最小限であることが多かった。仕事、と返事を聞いても京子は、どこに誰となど、それ以上のことは聞かない。子どものころ「遊びに行く」と返事していたときもそうだった。誘拐でもされたら警察で答えられなくて母親失格だって言われるよ、と小学生の珠子は思っていた。

京子は、珍しくその次の言葉を待つように珠子の顔をじっと見たあとで、言った。

「わたし、ちっちゃいがんがあって手術するから十日ぐらい入院するんだってさ」

道路を行き交う自動車の騒音が、京子の声をかき消しそうだったが、珠子にははっきり聞こえた。

「どこ?」

条件反射的に珠子がそう聞くと、京子はわざとらしくのんびりした口調で、聞き慣れない病院の名前を告げた。

「ここからだと電車乗り換えて一時間くらいかかっちゃうねー」

「違うよ、病気のほう」

がん、とは口に出せなかった。

「ああ、胃。ごく初期で見つかって、運がいいらしいよ。珠子には病院に着替え持ってきてもらうくらいでいいんだけどさ、今、うち、しづさんいるじゃない?」

京子はまた珠子の服を勝手に着ていた。茶色いキャンバス地のコートで、珠子はもう三年着ていなかったから、自分でも久しぶりに見た。京子のいつもよりも少し速い話し方に、母も不安なのだと珠子は感じた。

「それは全然だいじょうぶだけど。いつわかったの、そんな」

「先月か、ちょい前。めんどくさいことばっかりだよ、忙しいときなのに。あんた、電車乗り遅れるんじゃない？　どうせぎりぎりでしょ」

京子は駅のほうを指差した。珠子は、あんまり深刻に話し込みたくないからこんな場所で母が話しかけてきたのだろうと気づいた。

「うん。早めに帰るから」

「あんたが帰っても、わたしは仕事」

京子は、自分の母のしづにも娘の珠子にも、常になにを話していいか困っているような様子で、短く言い切ったり慌てたように次の単語を口にしたりする。店でお客さんやいっしょに働いている人たちに愛想よくたくさんしゃべっているのを、知らない人みたいに思うことがあるが、それは珠子も同じかもしれない。家にいるときは、母とも祖母ともあまり会話がない。いいほうに考えれば、特に話をしなくても平気だっていうことなんだろうけど。

いつもの通り、京子は笑顔も手を振ることもなく、自転車に乗って家のほうへ走っていった。珠子も横断歩道へこぎ出そうとしたが、青信号が点滅しはじめたのであきらめて、ガードレールに足を掛けたまま、再び動き出した自動車の群を見つめていた。

学務課のある校舎は学内でも一、二を争う古さで、年季の入った天井のエアコンは部屋の上半分ばかりを暖めていた。昼の食事から戻った本田かおりは、パソコンのモニターに何枚ものポストイットが貼り付けられ左右にファイルが積み上がったデスクを、腕組みをして眺めた。頭がぼんやりした。さてどの仕事からやろうか、どっちにしても二日分くらいの量がある、と、かおりはとりあえず右のファイルの山のいちばん上をめくってみた。

「できることから一つずつ、ですよ。本田主任」

うしろを通りかかった松本竜馬に声をかけられて振り返ると、竜馬は相変わらず歯の白いさわやかな笑顔で自分の席に着いた。マグカップから立ちのぼる淹れ立てのコーヒーの湯気を吸い込んで、一人だけ満足そうにくつろぐ竜馬を見て、かおりは彼の表情が四月とまったく変わらないことに驚きを感じた。成長しないと言えばいいのか、慣れることがないと言えばいいのか、もしかしてこのマイペース加減は貴重なのかもしれない。それをここの仕事にどう役立てればいいのか、自分にはわからないが。

席の電話が鳴り、竜馬は二言三言話すと教務課のほうへ歩いていった。それを見計らったように、斜め前に座っていた横尾ちゃんがかおりのデスクの隣に立った。いつもなら座ったまま椅子のキャスターで移動してくるのに、と思いつつかおりは顔を上げた。

横尾ちゃんは黒縁の大きな眼鏡がずり落ちるのを直しながら言った。

「あのー、ちょっとお話が」

「……廊下出ようか」

と立ち上がりながらかおりは、「話がある」って言われていい話のことってないよね、と思っていた。

廊下に出ると開いたままの玄関ドアから吹き込む風で寒かったので、かおりはドアを閉めに行った。ガラスのドア越しに見える銀杏並木はだいぶ葉がなくなっていた。このあいだまであんなに黄色かったのに、と振り返りつつかおりが戻ってくるあいだも、横尾ちゃんは落ち着きなく視線を動かし、廊下の隅にぽつんと立っていた。

「仕事、辞めることになりそうなんです」

勢いをつけてがんばって言った、という感じの横尾ちゃんの言葉の意味がすぐにはのみ込めなくて、返答を躊躇していると、

「妊娠しました」

という言葉が続いた。うつむいたまま申し訳なさそうにしている横尾ちゃんを見て、なにか言わなければ、と焦り、

「あ、そうなんだ」

とりあえずかおりはそう言った。廊下の冷たい空気に沈黙が重なる何秒かの間に、いろんな言葉が頭をぐるぐる回ったが、そうだ、こんなとき言わなければならないことがあるはず、と義務のような気持ちに駆られて、

「おめでとう」

と言った。横尾ちゃんは小さく頭を下げた。

「ありがとうございます。というか、急にすみません。今、うちの部署結構大変なのに」

「いやいや、そんなこと……。課長も、年明けには復帰できるみたいだから。横尾ちゃんには自分の人生を歩んでほしいし」

なんとか言葉をつなぎつつも、かおりの頭は、横尾ちゃんて彼氏いたっけ、何か月

なのかな、実家暮らしだったよね、と素朴な疑問でいっぱいになっていた。しかし、横尾ちゃんはようやくほっとしたような顔になって、

「本田さんらしい言い方ですね」

と言った。

本田さんらしい……。かおりは横尾ちゃんを見た。どのへんがそうなの？　と聞いてみたかった。

「まだおととい判明したばっかりで相手とも今後の生活についてより具体的に話し合わないといけませんし、どうなるかわからないので、しばらく内緒にしててもらえますか？　ちゃんと決まったら、部長とかにはもちろん自分で言いますから」

「うん、わかった」

背の高いかおりからは、横尾ちゃんの頭越しに受付が見え、そのガラス窓の向こうに自分たちが毎日働いている職場が見えた。四角い窓を隔てただけなのに、そこは水槽の中みたいにくっきりとして別の世界に思えた。みんなそれぞれの場所で自分の仕事をしていた。その中に、パソコンに向かって苛々している自分の姿もあるような気がした。

「体調、だいじょうぶなの？」

「全然何ともないです。おなか空きますけど」

「無理しないでね。学務課、冷えるし、っていうかごめんねー、こんな寒いとこで話して」

二人は並んで職場へ戻り始めた。

「わたしの友だちの行ってる職場、なんと床暖房があるんですよー。ちっちゃい事務所なんですけど、社長が女の人で冷え性だからって。超羨ましいですよね。優雅な音楽もかかってるし、お茶の時間にはおいしいお菓子が出てきて、おかげで入社して五キロ太っちゃったらしいんですけど」

横尾ちゃんは早口で明るさを足した声で話し続けた。

席でファイルされた書類を一つずつ確認していると、さらに分厚いファイルが机の空いたスペースに置かれた。見上げると、松本竜馬がポスターみたいな笑顔で立っていた。

「これ、できました！　今日はいい天気だし、やる気出ますよね！」

かおりはそのまま竜馬の顔を見つめ、ほんとうは竜馬が言ったことが合ってるのかも、と思った。いい天気だし、やる気出るのかも。

窓に目をやると、向かいの校舎があるだけで空は見えなかった。

春日井夏美は、ほかに誰もいない店の中でカウンターのパソコンに向かい経費と在庫の計算をしていた。顔を上げると、正面のガラス越しに、斜め向かいに先月できたドーナツショップが見えた。ドーナツとロールケーキという、この数年の二大流行菓子を扱うその店は、平日の昼間でも行列が途切れることがなく、今も四人が待っていた。白とベージュを基調にしたナチュラルテイストの内装が夏美の店と似ているせいか、ついでにこちらに入ってきてくれる客もいるが、今日はみんな素通りだった。夏美は、チェーン展開しているその店の訓練された店員の笑顔を、ああいうところはマーケティングとかリサーチとかマニュアルとかちゃんとしてるんだろうなー、としばらく眺めたあと、それも飽きたのでまたパソコンの画面の数字を、同じところを行ったり来たりマウスでかちかちたどっていた。

「こんにちはー」

ドアを開けたのは、直樹の母の峰子だった。鮮やかなオレンジ色のダウンジャケットを羽織っていた。

「お義母さん」

夏美は大きな声を出してしまったが、峰子は軽く腰を揺らしながら楽しそうに店に入ってきた。

「相変わらずかわいいもの並べてるのね。わたしもこういうこと、してみたかったわ」

「ほんとありがとうございます、ここ使わせていただいたおかげでお店始められたし……」

「お客さんは、今いないのね」

「え、ええ。ほんの、ちょっと前に、なじみのおばさんがアクセサリーを買っていってくれて……」

峰子さんに言い訳したってしょうがないのに、と思いつつ、夏美はパソコンをいったん休止状態にしてカウンターから出た。

「お店、どう？」

「すごく、楽しいです。忙しいし細かいこと苦手だから在庫管理とか結構大変なんですけど、いろんなお客さんとお話もできるし。これでもうちょっと利益が出たらいいんですけど……。ウチの母にも送り迎えとか手伝ってもらってるのに、今のままだとちょっと申し訳ないかなって」

「おかあさん、お勤めそろそろ定年じゃなかった？」

峰子は棚に並んだ柄違いのリネンクロスを、一つずつ取り上げては元に戻していた。

「そうなんですよー。ちょうど年末までで。二十年以上同じ会社に通ってたので、行かなくなるのが信じられない、って言ってます」

「そうよねー。わたしはウチで仕事してるから、家も仕事も区別ないようなもんだけど、仕事がないと毎日なにしていいかわかんなくなっちゃうと思うわ。定年で燃え尽きたおじさんみたいになっちゃったら怖いわね」

峰子はしばらく店内を見たあとで、言った。

「今日、直樹も早めに終われると思うから、久しぶりにみんなでごはん食べに行かない？」

夏美が笑顔で同意すると、

「それでね、夏美ちゃん」

峰子が夏美の肩に手を置いた。

「ここ、売るかもしれない」

それは、ある程度予想していたことではあった。

十二時を過ぎてすぐに、直樹から電話がかかってきた。仕事先である改築中の家の近くの駐車場に停めた車の中で、お昼の休憩中のようだった。

「さっき、お義母さんが来たよ」

夏美は自分から告げた。

「あー、やっぱりか。おれが先に話すっていったのに。なんつーか、時間的にもうちょっと余裕あるかと思ってたんだけど」

「ううん、もともと期限付きの約束だったし、いつまでも甘えさせてもらうわけにはいかないからさ」

直樹とその父母がこの店のことを話し合っていたのだと思うと、心が痛んだ。自分がのんきにしているあいだに、話し合いは進んでいたんだろうな。

また客の途切れた店の中は静かで、夏美が選んできた商品たちは行儀良く整列したままだった。

「まあそうだけど、母さん、わりとストレートに言うじゃん」

「そんなことないよ。なんかすごく気をつかわせちゃったみたいで……。わたしはだいじょうぶ」

停めた車の中で、おそらくこのあとコンビニで買ったおにぎりかなにかをかじるか、もしくは牛丼でも食べに行くだろう直樹を想像した。好物だから、牛丼の確率が高そうだ。

「ほんと？　だいじょうぶ？」

だいじょうぶ、といったんは答えかけて、夏美は大きく息を吸い、携帯電話をマイクのように顔の前に持ってきて言った。

「だいじょうぶじゃないなーっ。すっごーく落ち込んでるぅー」

「はは。なんだよ、それ」

直樹は気の抜けた声で笑った。

「ごめんごめん。直樹にもおかあさんにも協力してもらうばっかりで、ほんと悪いなって。自分なりにいろいろやってみたつもりだったんだけど、現実がついてこないもんね。ちょっと無茶しすぎましたよ」

「すぐ取り壊すわけじゃないから、それまでどうする？　何月ぐらいになるか、おやじもまだわかんないって言ってたし」

「うーん、正直、今はどうするのがいちばんいいのか……。閉めるっていってもここに商品いっぱいあるのほったらかしってわけにもいかないから」

それに、今やめたら赤字分もあることだしどこか仕事先を探さなければ。ここのお店があったら来年小学校に上がるあさみが夕方帰ってきても面倒見れるから、なんて都合のいいこと考えてたんだけどな。近所の学童保育が閉鎖になって、と困っていた客のおかあさんたちの会話が思い出された。

「はじめるよりもやめるほうが大変なのかも……、あ、いらっしゃいませー。じゃ、あとでまたメールするね」

ドアを開けて入ってきた客は、前にも来たことがあるおばあさんだった。ふわふわした白髪の前髪をこのあいだは紫に染めていたのが、今日は青になっていた。

「このあいだ買ったリネンタオル、丈夫でよかったわ」

「柄違いが入ってますよー。わたしもウチでずっと使ってるんです。味わいが出ていいですよね」

だいじょうぶじゃない、って言える相手がいるなんて、きっととてもしあわせなことなんだろうな、と夏美は思った。

交差点を見下ろすカフェの窓際の席で、珠子は男性一人女性一人と向かい合っていた。デザイン事務所の人とその顧客に、仕事の概要を聞いていた。

チェーン展開しているドーナツとロールケーキのショップの販促グッズやポスターのイラストの仕事で、久しぶりに点数も対価もまとまった依頼だった。デザイン事務所の男性は販促グッズの見本をテーブルに並べ、ドーナツショップの広報の女性は珠子のファイルのイラストのいくつかを見比べていた。その二人の動作も、テーブルの端に避けられたカップに半分残っているコーヒーや紅茶も、大きな窓の下を走っていく自動車も、珠子にはなんとなく夢で一度見た風景みたいに映っていた。彼らの声も、それに応える自分の声さえも、隣の席から聞こえてくるみたいに遠く感じた。

珠子は三か月くらい前に、このドーナツショップの行列の前を通りかかったことがあった。雨なのにすごいな、と並ぶ人たちを横目に通り過ぎようとしたら、近くにいたおばさんたちが、あら並んでるわね、ドーナツですって、なんだか自然派で体にいいらしいわよ、体にいいドーナツなんですって、と言い合うのが聞こえ、体にいいドーナツなんてあるわけないじゃん、と思った。

そんなどうでもいいことが雑音のように頭に浮かびつつ、珠子はずっと家のことを考えていた。

祖母も母も年を取って、もっといろんな問題が起きてくるだろう。わたしはちゃんと二人を助けていけるんだろうか。祖母は十九歳、母は二十二歳で娘を産んだけどわたしには子どもがいなくて、たぶんこの先もその可能性は薄くて、祖母がいなくなって母がいなくなったら、わたしは一人になるのかな。誰もいなくて、病気しても打ち明ける相手もいなくて、入院しても着替え持ってきてくれる人もいない。そういう人ってちゃんと施設とかに入れるんだろうか。それよりも今は、母と祖母のことで、これから二人の体調は良くなっていくのか、悪くなっていくのか。他に頼る親戚もいないし、わたしがこれから二人を支えていかなくてはと常々思っていたとはいえ、こんなに急に現実として迫ってくるなんて。母が道端で急にあんな話をしたのは、たぶん家で祖母に聞かれたくなかったからだ。祖母は近所なら歩いていけるまでに回復したが、家にこもることが続いていたせいか急に老け込んで見えた。年明けには団地の部屋に戻ると言っているが、あんな階段を上らないといけない場所でだいじょうぶなんだろうか……。なによりまず、母の病状を確かめなくては……。

テーブルの上の紙には、ドーナツとロールケーキを描くときの注意点がそれぞれ細かく書き込まれていった。デザイン会社の人が開いたノートパソコンの液晶画面には、ドーナツとロールケーキの画像が表示されていた。おいしそうには思えなかった。

珠子は、このあと食事の約束をしている森野新太の顔を思い浮かべた。誰かといっしょに生活していくなんてこと、わたしにあるのかな。自分の人生にそんなことが起こりうるのかな。

信号の先に駅が見え、かおりがなんとなく鞄に手を突っ込んで携帯電話を確認しようとしたら、

「本田さん」

と声が聞こえた。振り返ると、横尾ちゃんが息を切らして立っていた。

「あのー、ちょっと、お茶とかしませんか？　急いでます？」

「全然」

駅の近くのコーヒーチェーンに入った。近くに気に入っている喫茶店もあったが、こういう騒がしいところのほうが周りを気にしないで話せるかも、とかおりは考えたのだった。

かおりと横尾ちゃんは、細長い店の真ん中の丸いテーブルに向かい合って座った。前後左右、受験勉強をする学生に囲まれていた。横尾ちゃんは甘そうなココアに手をつけず、うつむいたままだった。

「今日は、急に、すみませんでした」

「そんな……。おめでたいことだし」

「そうですよね」

かおりは「話しやすそうな笑顔」を心がけたが、横尾ちゃんはまた黙り込んでしまった。かおりのコーヒーもかなり減り、隣の受験生が立ち上がったところで、横尾ちゃんはやっと口を開いた。

「ほんと言うと、判明した日は、電気消して真っ暗な部屋で、一日っていうか一晩っていうか、ずーっと隅っこで座ってたんです。怖くて」

横尾ちゃんの目の縁に涙が滲み出した。

「こんな、最初から素直に喜べないお母さんなんて、ほんとに生まれたら虐待に走るんじゃないかとかまで考え出して。最初からこんな考えの自分は失格だ、ってもう完全に悪循環なんです」

涙は二滴、三滴と横尾ちゃんの膝に落ちた。横尾ちゃんは鞄から浮世絵柄のてぬぐいを取り出して顔を拭いた。かおりは周りをうかがったが、誰もこちらを気にしていなかったので、騒がしい店を選んで正解だったと思った。そしてとにかく横尾ちゃんになにか言わなければならなかった。

「わたし、結婚とか子ども産むとか、ちゃんとした大人になってからするもんだと思ってたのね」

言いながら、ずっと思っていたことだけど人に話すのは初めてだな、と思った。

「ちゃんと大人にならないと、してはいけないことだと思ってて、だから自分にとっては、ものすごく遠い、ずっと先のことだと思って」

「本田さん、全然ちゃんとしてるし、大人じゃないですか」

横尾ちゃんは充血して涙が溜まったままの目で、かおりを見た。

「そうだよね。三十過ぎてるくせに、大人になったらとか言うのどうなんだ、って話よね。子どものころは三十歳なんてじゅうぶん〝おばさん〟て思ってたのに」

いやいやそんな、と横尾ちゃんは首を振った。

「でも、周り見てると、ちゃんとした大人になってなくても、みんな結婚したり子ども育てたりするんだなあ、って」

夏美や、ほかにも子どものいる友人の顔を思い浮かべた。みんな、いつのまにか、そうなっていた。

「友だちがきちんとした大人じゃないとか、悪い意味じゃないの。なんていうか、いつかちゃんとした大人になったら、って自分が思ってたいつかはずっと来ないって言えばいいのかな、いつかちゃんとしたらとか考えてたら、なんにもできないのかもしれない、って」

今から帰っても準之助はもうバイトに出てしまって会えないだろう、とかおりは思った。おととい妹から電話があって、いい加減に謝っちゃえば？　お母さんだって意地になってるだけなんだから、と言われたことも思い返していた。母にはあれ以来一度も連絡を取っていなかった。

「あー、なんかわたし、横尾ちゃんが余計不安になるようなこと言ってるよね、ごめんね、なんていうかあの」

「たぶん、だいじょうぶです」

横尾ちゃんは鼻をすすり、てぬぐいを膝の上に置いてちょっと微笑んだ。

「うれしいときも、あるんです。全然、うれしいほうが多い」

見た目はこのあいだまでの横尾ちゃんとどこも変わらないのに体の中に生き物がいるなんてすごく変な感じ、とかおりは思っていた。横尾ちゃん自身はそんなわたしの違和感とは比べものにならないくらい「変な感じ」がするだろう。

「慣れるよ」

かおりは言ってみた。

「それに、生まれたらきっと、こんなもんか、たいしたことないな、ってなるよ。脳内物質が出て一生ないくらいの快感があるらしいし。友だちも、不安がってた子に限って、子どもも子どもって猫かわいがりしたりして」

言いつつも、自分に経験のないことなので、適当にごまかしているような気がした。

横尾ちゃんは困ったような顔をして、

「それもまた怖いんですよねえ」

と言った。そしてやっと冷めたココアに口をつけ、結婚することになるであろう相手のことを話し始めた。

かおりは、自分はやっぱり〝ちゃんとした大人〟になれていないのかもしれない、と思っていた。

「おかーさーん。ここ！　ここ！」

ワゴン車のいちばんうしろの座席に取り付けられたチャイルドシートから、みなみが叫んだ。助手席の夏美はカーナビを操作しながら、返事をした。

「そこ狭いからお母さん入れないよ」

「入れるよ。あいてるもん、ここ」

みなみは繰り返した。最後部のシートはチャイルドシートを二つ設置しているので、大人が座るようなスペースはなかった。そこにはみなみとあさみがいて、真ん中のシートにつけられたチャイルドシートでは太郎が寝ていて、車内はとにかく窮屈だった。

運転席の直樹が言った。

「そういえば、幸男さんの彼女、結局会えずじまいだったんだっけ？」

「そうだよー、わたしだけ見てないの。なんか、損した気分。もうないかもしれないのに」

夏美の兄の幸男は、二十歳の彼女と結局半年ほどで別れたらしい。家族が心配したようにだまされたとかお金を使わされたとかいったことはなく、普通に男女の心模様が原因だそうで、それはそれで夏美には居心地の悪い感じがした。

「幸男さん、落ち込んでるらしいじゃん」

「シンが大げさに言ってるだけだよ。お母さん説では意外にさばさばしてたって。十月に毎週、しかも土日両方ともディズニーランド連れ回されて、若さについていけないって実感したらしいよ」

「毎週土日って、若さの問題じゃないだろ」

直樹は笑った。

「ていうか、おにいちゃんがディズニーランド……」

子どものころ家族でディズニーランドに行くときも、幸男は一人だけ家に残っていた。それなのに。

「ディズニーランド、いつ行くの」

うしろからあさみが大きな声で言い出した。

「夏休みに行くって約束したのに行かなかったー」

「夏休みは、おばあちゃんたちといっしょに海行ったじゃん。あさみ、これからはずっと海がいいーって言ってたよ」

「それとこれとは別のハナシでしょ。問題をいっしょにしないで」

「どこでそういう言い方覚えてくるのかねえ」

「夏美が言ってんじゃない？」

直樹は赤信号で車を停止させた。すぐ前の横断歩道を歩いていく人が、ヘッドライトに照らされていた。

「おかあさん、ここ！　ここじゃないとだめ！」

みなみが再び声をあげ始めた。

「ほら、もうすぐおばあちゃんち着くから、そうしたらみなみが真ん中に座ろう」

「やだ！　みなみはここで、おかあさんはここ！」

「そこはねー、おかあさんがもうちょっと小さくならないと入らないなあ」

「じゃあ小さくなればいいじゃない」

夏美はようやく体をひねって後部座席のみなみのほうを向いた。チャイルドシートにすっぽりはまっているみなみは、

「おかあさんはなんでもできるもん。どんなことだってやってくれるんだもん」

と言って、夏美をじっと見ていた。

「みなみといっしょぐらい小さくなってよ」

みなみがもう一度言うと、隣のあさみが、

「無理！」

と女子高校生みたいな言い方で言った。

珠子は待ち合わせ場所の銀行の角で暗い空を見上げ、冬はほんとうに夜になるのが早い、と思った。六時でも、夏なら夕方という気がするのに、冬はもうとっくに夜だ。

森野新太は遅刻しないで来た。早々と忘年会に向かう人たちがいるらしく、まっす

ぐ歩けないほどの人込みだった。いちばんごった返した場所を抜けて、やっと並んで歩けるようになったところで、新太が言った。

「おれ、一月から台北《たいぺい》行くかも」

珠子は、新太の顔を見上げた。新太は言い直した。

「かもじゃなくて、ほぼ決定」

新太の勤める会社にはもともと台湾にも事務所があって、来年からそこを拡張するのでその仕事をすることになった、と新太は説明した。

「一月って、一か月ない」

珠子は自分の声が頼りなく聞こえて、後悔した。そういう言い方をしてかわいく思われるような年はとっくに過ぎたのに。

「たぶん一年ぐらいだと思うけど、どうなるかわからない」

妙に上機嫌のサラリーマンのグループが横を通ったが、新太の声ははっきりと聞こえた。

「わからないから、東京に帰れるときは会いにくる」

「うん」

珠子は頷いたが、なにをどう返答すればいいのか、見当がつかなかった。

「台北って、遊びに行ってもいいのかな」

「観光とかよく知らないけど、飯食おう。おいしいと思う」

「台北」

珠子はもう一度言ってみた。遊びに行くのには楽しそうな響きではあった。

「近いよ、って気軽に言わないようにするよ」

新太が言ったのを聞いて、珠子は、お互いに三十歳過ぎてるんだな、と実感した。七年前だったら、もっと違うことを言ったと思う。大事なのは自分の気持ち、とか。

「そうだね」

飛行機で三時間くらいだよ、と言うのは簡単だったが、パスポートが必要なところはやはり遠いと思ったし、気軽な約束をするとあとで落ち込むことも学習済みだ。

消防車のサイレンが聞こえて、近づいてくるかと思ったが遠ざかっていった。

「今日の朝」

珠子は今日の自分に起こったことを言ってみようかと思った。しかし、母の病気など家族の深刻な問題を聞かせてもいいくらいに自分と新太との関係が深いものなのかどうか、判断できなかった。

「今日の朝ね、また電車に乗り遅れそうだったから近道しようとしたらそこが工事中で抜けられなくて元の道に戻らないといけなくて、そしたら自転車置き場もいつも置いてるとこがなぜか満杯で、結局二本も乗り遅れたんだけど、仕事相手の人も電車が人身事故で止まってて来れたのは三十分後で……、えーっと、多すぎるよね、人身事故」

なに言ってるんだ、わたし。珠子は中途半端な愛想笑いを浮かべて新太から目を逸らしたまま、少し足を速めた。

「珠子さん、慌てると車にとんでもないことやらかしそうだから気をつけて」

新太は真面目な顔をしていた。

それから二人で中華料理を食べた。

夏美たちは幹線道路沿いの全国チェーンの居酒屋に入って、直樹の父母、妹と合流して一家勢揃いとなった。居酒屋、といっても住宅街にあるこの店は、連れてきた子どもが騒いでもだいじょうぶな店、と認識されていて、子どももいたし、子ども用のメニューも充実していた。テーブルの間を走り回る子どももいたし、春日井一家が座った座敷席の隣にもちょうど同じ年頃の子どもたちがいた。

夏美は、亜矢子と並んで座っていた。直樹の妹の亜矢子に会うのはお盆以来だった。亜矢子は、最初に自分が食べたいものを告げたあとは一言も話さず、運ばれてきたその料理を一皿ずつ順に〝片づける〟という感じで食べていた。向かい側では、走っていこうとする太郎を直樹の父の滉一が何度も引き戻し、保育園の報告を競い合うあさみとみなみの話を峰子が聞いていた。直樹は娘の話にときどき補足説明をしつつ、唐揚げにかぶりついていた。

そのうちに、あさみとみなみは隣の家族連れの子どもたちと交流を始めた。みなみは、車の中で拗ねていたことはけろっと忘れ、かわいらしい笑顔を振りまいて会ったばかりの兄妹から食べ物をもらうほど気に入られていた。あさみは、ありがとう言わないとだめだよ、とか、食べ過ぎだよ、とかみなみに注意しつつ、向こうの女の子が転んだ際は膝を撫でてやっていた。

一人だけ、飲み物も注文せず水を飲んでいた亜矢子が、唐突につぶやいた。

「子ども見てると、なにもかも全部遺伝で決まってるのかもって思う」

太郎はとうとう奥のほうまで走って行ってしまい、峰子と滉一が追いかけていった。めったにない亜矢子との会話に多少の緊張を感じつつ、夏美は返答した。

「きょうだいでも全然違うよねえ。同じように育ててるつもりなのに、自分の子どもながら不思議」

「愛想がいいとかやさしいとかも生まれつきで、努力したってどうにもなんないんじゃないかって思うんだよね。でも、足が遅い人が百メートルを十秒で走れなくても文句言われないのに、人に接するのが怖いとか不安だって言うと誰でもできることなのにおかしいって怒られる。深く考えないで適当なこと言ってへらへらしてる人が性格明るいとかいい人とか思われるなんて、不公平だと思わない？」

　子どもたちを見つめる亜矢子の目には、涙が浮かんでいるようにも見えた。亜矢子の横顔は直樹とよく似てる、と夏美は思った。内容は全然違っても話し方というか言葉の響き方にも共通するところがある。だけど、自分と亜矢子との距離は縮まらない。遠い、見知らぬ人のように何度会っても感じてしまう。子どものころから誰とでもそれなりに仲良くできる性格だと、周りにも言われてきたし、自分でもそう思っていたのに、今も亜矢子に遠慮している自分がどこか後ろめたいようにさえ感じた。なんて言えばいいのかな、こういうとき。友だちだったら、なにかあったの、って聞けるんだけど。夏美は目で直樹に助けを求めたが、直樹は今度は餃子をおいしそうに食べていた。

　店員が威勢のよすぎる声をあげて、追加注文のチャーハンと焼きそばを持ってきた。

亜矢子は、グラスの水を飲み干してから言った。

「どういう人生かなんて、くじ引きみたいなもんなのかな。ハズレでも仕方ないんだけど、ハズレの中でもう一回抽選みたいなのしてくれないかなあ」

あさみが夏美たちのほうを向き、

「たいへん、もう寝る時間だよ！ 早く帰らなきゃ！」

と叫んだ。

二月の最初の土曜日　冬らしい晴れ

冷たいシャッターを押し上げると、まだ静かな通りに金属が振動する音が響いた。春日井夏美は、ガラスに映る自分の姿越しに薄暗い店内を見つめた。棚の白さが浮かび上がり、そこに食器やクロスが整然と並んでいた。

「おはようございます」

二軒隣のおばあさんに声をかけられた。

「あ、おはようございます」

夏美は振り返った。かぎ針編みのショールを巻いたおばあさんが通り過ぎ、その先の商店街では駅のほうへと急ぐ人たちの姿があった。二月に入っていっそう寒さは厳しくなった。夏美は勢いをつけてシャッターをいちばん上まで押し上げた。ドアの鍵を開け、中に入ると四角い空間の空気は均一に冷たくなっていた。明かりをつけ、エアコンをつけ、パソコンの電源を入れ、路地側の窓の雨戸を開ける。毎朝の一連の動作はほとんど無意識だった。夏美はまだ冷たい空気を大きく吸い込んで吐いて、それから店内の掃除を始めた。

アラームが鳴り響いている携帯電話をつかもうと、水島珠子は布団の中から手を伸ばした。伸ばした手に畳の感触があり、続いてカラーボックスにぶつかったので、そうか、やっぱりここはおばあちゃんちだった、と思った。アラームを止め、布団を背中に掛けたままガスストーブをつけた。四角いパネルが赤く光り、青い炎がうっすらと覆った。

「さむーい」

と一人で言って、その声の力を借りて立ち上がった。スウェットの上にフリースを羽織ってカーテンを開けると、ベランダの向こうは団地の隣の棟で、間には葉の落ちた欅の枝が広がっていた。春になって新緑が茂れば、結構いい眺めかもしれない、と思った。祖母のけがは順調に回復し生活には支障がなくなったが、ときどき痛みはあるし、団地のこの部屋は階段の上り下りも大変だし買い物も不便ということで、祖母は当分のあいだ京子と珠子の家の一階で暮らすことになった。しかし狭い家なので三人は窮屈だし団地の部屋もほったらかしにするのは心配、ということで、祖母ではなく珠子がここに住むことになった。京子の手術は内視鏡の範囲で済んでその後の入院も不安になっていた珠子にはあっけないようなものだったが、それでもまだ本調子ではない体で店にも立っている京子が祖母と二人で暮らすというのには珠子は最初反対した。しかし、京子としづの「別に大丈夫だから」に結局は押し切られ、珠子が家事や食事の用意をしに通うということで合意した。

「別にいいのに。あんたも一人暮らしを楽しんで、彼氏でも作れば」と二人には言われ、「今までだって一人暮らしみたいなもんだったじゃん」と言い返した自分が子どもっぽく思え、三十歳を過ぎての初の一人暮らしは釈然としないままスタートした。

食器棚の前をすり抜けるようにして狭い台所でやかんを火にかけて換気扇を回すと、また冷たい風が流れて、珠子はぎゅっと肩を縮めた。

祖母がいつもゆっくり煙草を吸っていたテーブルに置いたノートパソコンを開いて、メールを確かめた。森野新太からのメールはなかった。春節前だから日本で言えば年末みたいに忙しいというメールが来てから、五日が過ぎた。最初は毎日ちゃんとメールをくれたが、ときどきメールがない日が発生し、五日あくのは新記録だった。

やっぱりこんなもんなのかもね、と思いながら、珠子は沸騰した湯をポットに注いだ。黒い茶葉から赤い色が染み出していくのを眺めた。春節が終わって落ち着いたころに台北に来ないかとこの間電話したときに言っていたけど、今、母と祖母から離れて遊びに行くのは不安だし、そんなふうに楽しいことが増えると、この先メールが少なくなっていって離れていくのが余計つらくなるだけじゃないかという気もした。新太のほうもそんなに強く誘っている感じでもなかったし休みにも東京に帰る気はないようだし、これがタイミングってものなのかも。タイミングが悪いっていうのは、きっと縁が薄いんだろう。そもそも、一回振られた相手なのに再会したからって舞い上がったのが甘かった。

紅茶に牛乳を入れ、こたつに入った。こたつ布団はクリーニング済みだったのを開けたのに、祖母の匂いがする気がした。

本田かおりは駅へと続く商店街を歩きながら、ほかに歩いている人が全員自分と同じ方向に歩いているのが急に不思議な現象に見えてきて、反対方向に歩く人を目で探した。

「あのー、おれ、考えてんけど」

隣を歩く準之助が言った。

「やっぱり、奈良まで、お母さんに話しに行ったほうがええと思って」

唐突な提案に、かおりは思わず準之助の顔を見上げ、

「うーん、そう言ってくれるのはうれしいけど、全然ダメなんだよね。とっかかる隙がないというか。準之助が行ってくれても、たぶん余計に頑《かたく》なになると思うのね」

「そうなんかなあ」

準之助は困ったような目で前を向き、ぐるぐる巻いたマフラーにあごを埋めた。冷たい風が吹き抜けた。かおりもコートのいちばん上のボタンまで留め、一言一言確かめるように言った。

「わたし、もうすぐ三十一だし、ある程度責任のある仕事もして家事もこなしているし、やましいこともなんにもないんだから、向こうがそれをわかろうって気になってくれないと、どうにもしようがないよ」

「おれは、かおりちゃんが実家にも帰られへんっていうのは、さびしいからさあ」

「準之助はお父さんと仲いいから気になると思うけど、わたしはもともと家族とそんなしょっちゅうしゃべったりしてなかったし」

言っているうちに言葉が嫌味な調子になってきて落ち込む、と思いながらもかおり

は、年末に電話したときにお正月も別に帰ってこなくていいからと言った母の口調を思い出すとやはり穏やかな気持ちにはなれないのだった。沈黙が続いていることにはたと気づき、気まずそうな準之助の表情を確認して、かおりは取って付けたように聞いた。

「お父さん、元気？」

「最近、店継いでくれってうるさいねん。本気じゃないと思うけど」

「神戸で？」

かおりが妙に高い声で聞き返したので、準之助はふき出した。

「だから、本気じゃないって。あのおっさん、店なかったらなんもすることないやん」

「そう」

かおりは不意に波立った胸のあたりの感覚を沈められないまま、商店街に並ぶポールにぶら下がる「バレンタインセール」の旗が風にはためくその感じに、冬だなあ、と思った。駅に着き、改札の手前で準之助が口を開いた。

「おれ、いろいろ考えてるねんけど」

ＩＣカードを手にしたまま、準之助は立ち止まった。

「かおりちゃん、神戸に住んでみぃへん？」

神戸。

役者はもうあきらめるってこと？　お父さんになにかあったのかしら？　神戸でも一緒に暮らすってこと？　それは単に今の延長？　一度にいくつもの疑問がかおりの頭に渦巻いた。ちょうど電車が到着したところなのか、改札からどんどん出てくる人たちが二人を邪魔そうによけていった。

「わたし、主任になったばっかりなんだけど」

最初に出てくる言葉が仕事のことだとは、自分でも意外だった。仕事でやりたいことや目標があるというわけでもないのに。そしてその次が出てこないまま、かおりは準之助の珍しく真剣な顔を見上げていた。準之助は一瞬目をそらすと、いつもの愛想のいい顔に戻った。

「そうやなあ、そうやんなあ。ごめん、忘れて」そしてさっさとＩＣカードをかざして改札を抜けていった。

「忘れてって……」

小さくつぶやいたかおりは後に続こうとして、大きく警報音を立てて閉じた黄色い羽に進路を阻まれた。

駅前の広場に等間隔で並ぶ欅は、放射状に見事に伸びた枝を風にさらしていた。珠子はそのうちの一本の脇に立ち、広場の向こうにある建物の二階のスターバックスを眺めていた。窓際に座っている人たちは全員、それぞれテーブルに広げた何かを熱心にのぞき込んでいた。

みんな勉強していてえらいな、と珠子は思った。

「久しぶり！　髪伸びたね」

振り返った珠子の前に、かおりが駆け寄ってきた。

「ううん、切った。寒いねえ、今日」

オレンジ色のダウンコートに黄色と緑のチェックのマフラーを巻いた珠子と、ベージュのコートにグレーのマフラーのかおりは、どちらからともなく踏切の方向へ歩き出した。

「風あるもんね。たまちゃんはあれから何回かお店行ったんだよね」

「そう、こっちのほうで仕事あったときに寄って。わたしの絵も飾ってもらってるの」

土曜の午後の自動車は、同じように走っていても平日よりゆっくりに見えた。道路では風が作った小さな渦巻きに、枯れ葉のかけらが舞い上がっていた。

「わたしも来よう来ようとは思ったんだけど、お店が日曜日休みじゃない？　一年なんてあっという間だねえ」

「仕事忙しいの？」

「そうなの、聞いてよ、まず夏に課長が入院してね」

かおりは職場であった一連のできごとを勢いづいて話し、話しながらこうして昨日も会っていたみたいに話し出せる友人は学生のときの友だち以来いないかもしれないと思った。部活の帰りなのか、青いジャージの短パンの上に制服のスカートを重ね着した女子中学生の一団とすれ違った。紙パックのジュースを飲み膝小僧を露出している姿を見て、かおりも珠子も、自分もあんな薄着をしていた時期があったことが信じられない、と言い合った。

ドアを開ける直前に、もう夏美の声が外まで響いてきた。

「あー、久しぶり！　たまちゃん、髪伸びたね」

生成りのシャツワンピースにキャメル色のニットを重ね着した夏美は、今日も店内の一部のような色味だった。

「ううん、切った」

「あれ、そうだっけ？　わあー、来てくれてありがとうね、うれしいよー、こっちからこっちはもう全部半額にしちゃうから好きなだけ見て、っていうか、もう全然ゆっくりしてってて。お茶買ってこようか？　あ、向かいのドーナツおいしいんだよねー。何味がいい？　おすすめは、オレンジときなこ。っていうか、あのオマケでもらえるグッズのイラストってたまちゃんじゃない？　だよね、すごいね」

ガラス越しにドーナツ屋を指して出て行こうとする夏美の腕を、かおりがつかんで止めた。

「いいよいいよ、夏美こそゆっくりしてよ。わたしたちはお客さんじゃないからさ。大変でしょう、いろいろ」

店内には真っ黒い服を着た二十歳くらいの女の子がいて、店にある品物を一つ残らず確認しているんじゃないかと思うほど、一つ一つ順番に手にとって裏返したりライトにかざしたりしながら見ていた。常連で扱いがわかっているからなのか、夏美は彼女のことは気にしつつも声をかける様子はなく、かおりと珠子にはしゃいだ声で話し続けた。

「そんなでもないよ、片付けるのは、作るのに比べたらほんっとにもうあっけないもんだから。ただ在庫を置く場所だけどうしようかなって感じなんだけど、置いとくだけならしばらくここ使ってもって話になってて」

「そうかあー、残念だね、ほんと。かわいいお店なのに」

「もったいないよー」

かおりと珠子は改めて店内を見回した。去年二人で初めて来たときの印象と比べると、食器やリネンや文房具の趣味は変わらなかったけれど、それらの細々した雑多なものたちがきちんとこの空間に収まっているというか、なんとなく落ち着いた光景になっていた。

閉店セールは今日から二週間の予定だと、夏美から来たメールには書いてあった。

「たまちゃんにもせっかく絵を描いてもらったのに。ちゃんとウチで飾るからね。狭いから模様替えして壁を確保しなくちゃいけないけど」

夏美が振り向いたカウンターの横の壁には、珠子が持ってきたときのまま白木のフレームが二つ並んで掛かっていた。かおりは絵のほうを見上げながら言った。

「これ？　かわいいね、たまちゃんぽい。ほんともっとゆっくりできるうちに来たかったんだけど、ついつい日が経っちゃって……、ごめんね」

「ほんとだよねー。ていうか最近さ、一年とか速すぎない？　十代のときの一か月ぐらいに感じるって言ったら言い過ぎかもだけど、なんか早送りみたいで」

「わかる。職場で、またこの仕事やってる、あれから一年てこと？　ってほとんど恐怖すら感じるよね。取り壊し、もうすぐなの？」

「夏ぐらいらしいんだけど、お店はもう趣味って感じの採算だったからね、やめるなら早く決めたほうがいいかなって。閉店セールと、それでも残った分はネットオークションで売って、赤字分埋めるためにも早く仕事探さなきゃ。まあ一年間楽しませてもらいましたって感じかなあ。直樹にも両方の親にも協力してもらって、こんなことじゃあ申し訳ないんだけど」

夏美の早口は昔からだったけれど、今日の隙を作らないスピードはしんみりしたくないせいなのかも、と横で聞きながら珠子は思った。絵の中の鳥たちは、珠子の部屋で描かれたときのままの色で、珠子はそのとき画用紙の上で滲んでいった絵の具の混ざり方を思い出した。

「今日、子どもは？」

「ウチで直樹と遊んでる。夕方になったら、連れてくるよ。あさみが四月から小学生で、学校終わってから一人にできないからどうしようかなっていうのも悩みどころで。

なんか学童保育の近いとこがなくなったらしいのね。なんなんだろね、少子化少子化って騒いでるのに」

夏美は一気にしゃべったあと、ふと珠子の顔を見た。

「たまちゃん、彼氏どうなったの？」

「え、なにそれ。わたし聞いてない」

夏美とかおりの二人分の視線を受けて、珠子はなにを答えればいいのか混乱し、一分近く経ってからようやく言った。

「えーっと、年明けに台北に転勤になってそれから会ってない。メールと、電話がたまに」

なるべく軽い調子で言おう、と珠子は心掛けた。このまま会わなくなっても、あーそうなんだ、で済まされるくらいの感じで。

珠子のそんな逡巡などまったく意に介さなかった夏美は、台北、という地名に心を引かれた。

「遊びに行けばいいじゃん。台湾、楽しそう。おいしい食べ物いっぱいあるし。小籠包食べたい」

珠子はほっとして笑った。

「それはわたしも食べたいけど、今は予定ないよ」

「あ、いらっしゃいませー」

五十代くらいの女三人が賑やかにおしゃべりしながら入ってきて、夏美は近寄って声を掛けた。夏美が彼女たちと親戚みたいに親しげに言葉を交わすのを、珠子とかおりはしばらくなんとなく見ていた。途切れない会話の連なりが、この店の営みが一年近くここにあったことを感じさせた。客たちは全くおしゃべりの速度を落とさないまままめいめいに食器やポーチを手に取り始めた。

思い出したように、かおりが言った。

「たまちゃん、なんで台湾行かないの？　仕事忙しいの？」

珠子は一瞬、何をどう話そうか迷ったが、今まで仕事の関係の人や光絵にも言っていなかったことを、言ってみた。

「仕事はどうにでもなるけど、ちょっと今、うちの母親もおばあちゃんも体調悪くて」

「そうなの？　だいじょうぶ？」

「まあ、もうよくなってきてはいるから」

ずっと店内にいた黒ずくめの女の子が、意外にも明るいオレンジ色のココットの器を持ってレジへ行った。夏美は会計をして女の子にお礼を言い、それからまたおばさんたちのところへ戻って、一緒にマグカップを吟味し始めた。

静かに店を出て行く黒ずくめの女の子を何となく目で追ってから、かおりは言った。

「たまちゃん、一人っ子だから、なんでも自分の肩にかかってきちゃうよね」

「いろいろありますよ、三十過ぎると。かおりは？　年下の彼氏、元気？」

珠子はわかりやすく話題を変えた。

「元気、元気。確かにいろいろあるけどね、ほんと。でも、なんとかなりそうだし」

かおりのほうも、あまり深く突っ込まれないような答え方をした。明るい調子で言いつつも、準之助の横顔が頭をよぎった。

「準之助くんだっけ？　公演の予定とかあるんだったら教えてよ。会ってみたい。かおりの彼氏が金髪で四つ下なんて想像つかなかったもん」

「今は金髪じゃないよ」

かおりと珠子は店の奥に移動し、近くの棚に置かれていた黄緑や濃いピンクのシリコン製の小物入れを、かわいいかわいいと言い合いながら見た。そしてまた唐突に、かおりが言った。

「わたし思ったんだけど、もちろん家族も大事でほかに代えられないものだけどね、最後は結局自分一人なのよねって」

黄緑色のシリコンの器の縁を指でなぞるかおりの横顔を、珠子は確かめるように見た。かおりは、二時間ほど前に隣を歩いていた準之助のことを、肩の高さや意外に姿勢のいい歩き方を、思い出していた。

「親のせいとか、親のために、とか思っても、それはうまくいかないこととか、自分でちゃんと人生を選ばないことの言い訳にしてるのかもしれないって」

かおりはかおりの抱えていることについて話している、とわかりつつも、珠子は珠子の状況について考えていた。今日もこのあと六時過ぎには実家に帰って夕食を作らなければ、と思っている。団地の部屋に移ったことも、まだ新太には伝えていない。昨日話が来た挿絵の仕事を受ければ、旅行になんて行けない。

「……たぶん、わたしは」

言いかけた珠子を遮って、かおりは慌てて言った。

「あ、たまちゃんがそうっていうわけじゃなくってね、わたし、ちょっとした事件があって実家に帰れない状態になってて、いい年して母親とけんかってどうなのって感じで、それとたまちゃんが今ほんとに大変なことと比べたら申し訳ないんだけど、なんていうか」

まとめ買いをした客が帰っていき、夏美は二人のところへゆっくりと戻ってきた。

夏美の気配に気づきつつ、かおりは、振り返らないで言った。

「その人のこと好きだったら、事情とか将来の心配とか考えないで、気が済むようにしたほうがいいと思う。だって、何年後にどうなるかなんて誰にもわからないんだし」

かおりの視線はしっかり珠子に向いていて、珠子は照れくさいような、そして怒られた子どものような気分でもあって、近くにあったペッパーミルを意味なく触りながら、

「そうなのかな」

とだけ、言った。かおりは急に表情を緩めた。

「ごめんねー、偉そうなこと、人には言えるのにね、自分は全然できてなくて」

自分にはできていない。母と話し合うことくらい、たぶんそんなに難しいことじゃないのに、とかおりは自分の言葉を胸の内で繰り返していた。

そばに立っていた夏美は、わざとらしく首を左右に動かしてかおりと珠子の顔を交互に見た。それから、二人の肩に右手と左手をそれぞれ載せて、言った。

「みんながおんなじように事情を考えるんだったら、話す意味なくなっちゃうよ。事

情を知らないからこそ言えることだってあるさ！」

一瞬、かおりも珠子も無言のまま、夏美の笑顔を見た。珠子は自分の肩に置かれた夏美の手首を、自分の手で握った。

「夏美ちゃんて、急にいいこと言おうとするよね」

かおりも、言った。

「おいしいとこ取りよね」

それから三人で笑った。夏美がいちばん笑っていた。

「だってー、羨ましいよ。恋愛で悩むのも今のうちだって」

「仲いいくせに、直樹くんと」

かおりが言うと、夏美は、しばらくうーんとわざとらしく腕組みしたあと、ぱっと笑った。

「そうね、うん、いい人と結婚したなっ」

かおりと珠子は顔を見合わせ、

「へえー」

と声を揃えた。客が続けて入ってきて、「Wonder Three」は閉店セールらしい賑わいになり、かおりと珠子も商品を並べ直したり包装したりして手伝った。

「こーんにーちはー」

　甲高い女の子二人の声が響いた。あさみとみなみが駆け込む後ろから、

「ああ、どうも。久しぶり」

　と直樹が太郎の手を引いて入ってきた。ニット帽を被って雪だるまみたいなシルエットになっている太郎に、珠子は持ってきた赤い車の小さなぬいぐるみを差し出した。

「太郎くん、はい、これあげる」

「くうま！　ありとう！」

　太郎は申し訳程度に頭を前に動かすと、珠子の手からぬいぐるみをぱっと取って店の奥へ走っていった。

「わあ、しゃべってるし走ってるし。前はこういう感じだったのに」

　うしろに立っていたかおりは、赤ちゃんを抱きかかえる格好をした。抱きかかえた空気を揺らす自分のその動作で、かおりはふと、準之助にそっくりの男の子ってかわいいだろうな、と思った。

「でもやっぱり男の子ってあんまりしゃべらないよー。あさみなんてこれくらいの頃はもうアニメの台詞とか真似しまくりだったのに」

夏美は足下を走り回る太郎の服をつかんだ。珠子は相変わらず子どもの相手が苦手のままで、プレゼントで気を引こうとした太郎に走り去られて所在なく、今度は鞄からあさみとみなみ用に持ってきたフェルトでできた鳥のブローチを取り出した。

「またね」

「またね。ありがとう」

「うん、ありがとう、またね」

夏美とは店の前で手を振って別れ、かおりと珠子は電車に乗って並んで座ったが、さっきの悩み相談の続きを話したりはしないで、最近テレビで見たことや仕事で会った人のことや共通の知人の近況を伝え合い、新宿駅の人で溢れたコンコースで別れた。

また来週会うみたいに、軽く手を振って。

狭い路地に自転車で帰ってきた珠子は、玄関の引き戸の磨りガラスに白い蛍光灯の光が映っていたので、先週まで住んでいたのとはちょっとだけ違う家になったように感じた。

「ただいまー」

狭い玄関には、珍しく靴が三足だけしかなく、しかもきちんと揃えてあった。奥の部屋から、祖母のしづが覗いた。

「おかえり。ごはんあるよ。食べて帰るだろ」

「えっ」

部屋に上がって台所のテーブルの上を見ると、ラップのかかった皿が並んでいた。商店街の惣菜屋のコロッケにポテトサラダに肉じゃがというじゃが芋フルコース。母が並べたに違いなかった。コンロに載った鍋の味噌汁だけ、作ったようだった。

「ああ、ありがと」

それでも夕食の用意なんてしたんだ、と珠子は感心した。何年ぶりだろうか。しかもちゃんと珠子の箸まで揃えてあった。

「お母さんは？」

マフラーとコートをいっぺんに脱ぎながら、珠子は聞いた。しづは台所に来て、コンロの火をつけながら答えた。

「とっくに店。なじみのお客さんの送別会があるんだってさ」

「なんか、片付いてるね。多少だけど」

「あたしがいると、小言言われると思うんじゃない？　あんたにもいいとこ見せたいのかもね。煙草もやめろとか言い出すしさ」

珠子は変わらず狭い家の中を見回した。自分のいない家。たった一週間なのに、もう「よその家」という感じがする。

そうか、こんなもんなのか。なにかを実行すると、なにかが変わる。いい方向なのかどうかは、わからないけど。とりあえず、お母さんに無理しなくていいって言わないと。

「おばあちゃん」

珠子は言った。

「十年後って、わたし、なにしてそう？」

しづは、あとは自分でやれという感じでお玉とお椀を珠子に渡し、奥の部屋へと戻りながら答えた。

「わからないよ。好きなことしてるんじゃない？　だれでも、好きなことしかできないからね、結局は」

「そうお？」

同意できなかった珠子が不満げな返答をすると、しづは振り向いて自分を指さした。

「その結果が、この通り」

しづは軽く笑って、団地の部屋から持ってきた椅子に腰掛けていつもの煙草に火をつけた。漂う薄い煙をしばらく見ていた珠子は、鍋が噴いているのに気づいて慌てて火を止めた。しづがもう少しあとでいいと言うので、珠子は一人で芋づくしの夕食を食べた。ソースの浸みたコロッケを噛みながら、台北が寒くなければいいな、と思っていた。もし、だめだったら、悲しめばいいんだ。きっと、それでいい。

コロッケを食べ終わった珠子は、二人分のお茶を淹れた。


夏美は外のスポットライトを消し、道に出していた看板も店内に入れた。あさみとみなみにもこもこした上着を着せた直樹は、みなみだけを抱きかかえてドアを開けた。

「じゃ、お父さんとお母さん迎えに行ってくる。太郎、そこでだいじょうぶ？」

寝入ってしまった太郎は、カウンターの後ろの台に毛布を敷いて寝かしてあった。食事の約束をしている夏美の父と母を車に乗せて直樹が帰ってくるころには、目が覚めるに違いない。

「うん、だいじょうぶ、ありがと。あ、お父さんが段ボール調達してきてくれてるから、積んで戻ってくれる？」

「はいはい」

直樹は、ずいぶん重くなったみなみを片手で軽々と抱き上げたまま、商店街と反対のほうへ歩いて行った。店に残りたいと言ったあさみは、まだ売れ残っているお気に入りの、うさぎの刺繡が入ったハンドタオルを触っていた。

「これ、だれも買わなかったらあさみのにしていい？」

「そうねー、残ってたらねー」

レジを締めカウンターの上を片付けていた夏美は、上の空で返事をした。

「じゃあ、こっちはー？」

「んー？　どれー？」

顔を上げた夏美の目に、店の全体が見えた。両側の壁に並ぶ棚、真ん中の大きなテーブル。それぞれの棚板の上には、今日来たお客さんが触って乱雑になった品物が載っていた。その一つ一つが、自分が選んで仕入れたものだったし、通りに面したドアやガラスのカラフルなジェルの飾りも自分がつけた。壁は直樹の父が塗ってくれて、棚も直樹と買いに行って組み立てた。テーブルの真ん中のサボテンの寄せ植えは、開店祝いにかおりと珠子がくれて、二人の予想に反して枯らさずに今までもった。白い棚の手前で、あさみがピンクのハンドタオルを握って立っていた。不意に、夏美は泣いた。

「おかあさん、どうしたの」

あさみが、驚いたというよりは、不思議そうな顔をして夏美を見上げた。夏美は指で涙を拭き、だけど次々流れてくるから間に合わなくて、カウンターの包装紙の上に涙がおちるのが気になりながら、

「うん」

とだけ言った。あさみが近寄ってきて、

「かなしいの？」

と聞いた。

「違う」

ようやく涙に勢いがなくなり、袖口で頬を拭いて、夏美は答えた。あさみはいっそう母親の顔を凝視した。

「じゃあ、おこってるの？　えーっと、うれしいの？」

「うーん、もっといろんなこと。いろんなことが、混ざってるの」

夏美は、あさみの前にしゃがんだ。鼻の奥が痛かった。

「大人だから？」

あさみは首を傾げた。最近よく、お母さんに似てきたね、と言われるあさみだが、夏美は娘が自分にどれくらい似ているのか、わからなかった。

「そうだね、たぶんそうなんだと思うよ」

「そうなのかあ。あさみは子どもだからわからない」

あさみはまだ考えているような口調で言い、持っていたハンドタオルを差し出した。

「まだ売り物なんだけどな、これ」

と言いつつ、夏美はふわふわしたピンクの糸でできたそのタオルで鼻を拭いた。洗濯してあさみにあげよう、と思った。

「大人になったら教えてくれる？」

あさみは真剣な顔をしていた。

「まだだいぶ先だけどね」

「四月から小学生で、次は中学生になるよ」

夏美はあさみの頭を撫でた。それから立ち上がって振り向くと、いつの間にか起きていた太郎がきょとんとした顔で台の上に座っていた。

地下鉄の階段を上がってきて完全に地上に出る前に、かおりは欅の大木の下にいる準之助の姿を見つけた。準之助はかおりに気づかないで、通りを歩くアニメのキャラクターみたいな格好をした外国人たちを見ていた。彼女たちは黒髪に真っ赤や紫のメッシュが鮮やかで目立っていた。かおりは準之助の斜め後ろから近づいて、声をかけた。

「外で待ち合わせするの、久しぶりだね」

準之助は軽く驚いて振り返り、今朝駅まで歩いたときと同じ、見慣れたコートにマフラーのかおりをじっと見た。

「かおりちゃん、髪伸びたなあ」

九か月ぶりに会った友だちに自分が言ったのと同じことを、数時間前まで一緒にいた恋人に言われて、かおりは笑った。

「毎日見てるのに」

交差点近くの洋服屋のウインドウには、やたらときらきらした飾りのついた服が並んでいた。同じ紙袋を持った女の子たちが大勢歩いていて、歩道は狭かった。緩やかな坂道を歩きながら、かおりは聞いてみた。

「神戸に、帰るの？」

大勢の人の足音や話し声や車の音に、かおりの声は埋もれてしまいそうだった。しかし、準之助には正確に聞こえていた。

「いや、口に出して言うてみたら、ちゃうな、って思った。違うわ、コレ、って」

かおりは、眉間にしわを寄せて準之助を見上げた。

「なんちゅうか、気の迷いやな。ごめん、紛らわしいこと言うて」

「なにそれ？　今日一日、すっごい悩んだのに。せっかく友だちに会う楽しい休日だったのに」

思わず立ち止まって、かおりは準之助の腕を叩いた。

「悪かったです。すいません」

と言いつつ、準之助は笑っていた。たぶん、準之助の中で全部が解決したわけじゃない、とかおりはわかっていた。まだ、どうなるかわからない。でも、きっとどうなるかわからないのは、どんな状況のときだって同じだと思う。わたしにわかるのは、今の自分の気持ちだけだ。

「適当なこと言って。反省してよ」

「ほんまやなあ」

二人はまた歩き始め、数え切れないほどの人たちと同時に交差点を横断した。

「いいよ、迷っても」

横断歩道を渡りきって、かおりは言った。

「わたしも迷うから、そうしたら、いっしょに考えよう」

そして準之助の腕を取った。

「そうやな」

準之助は頷いた。

夜なのに明るい街はまだこれからどこかへ出かけようとする人たちで溢れ、渋滞中の道路にはぴかぴかした車が並んでいた。

人物関係図（抜粋）

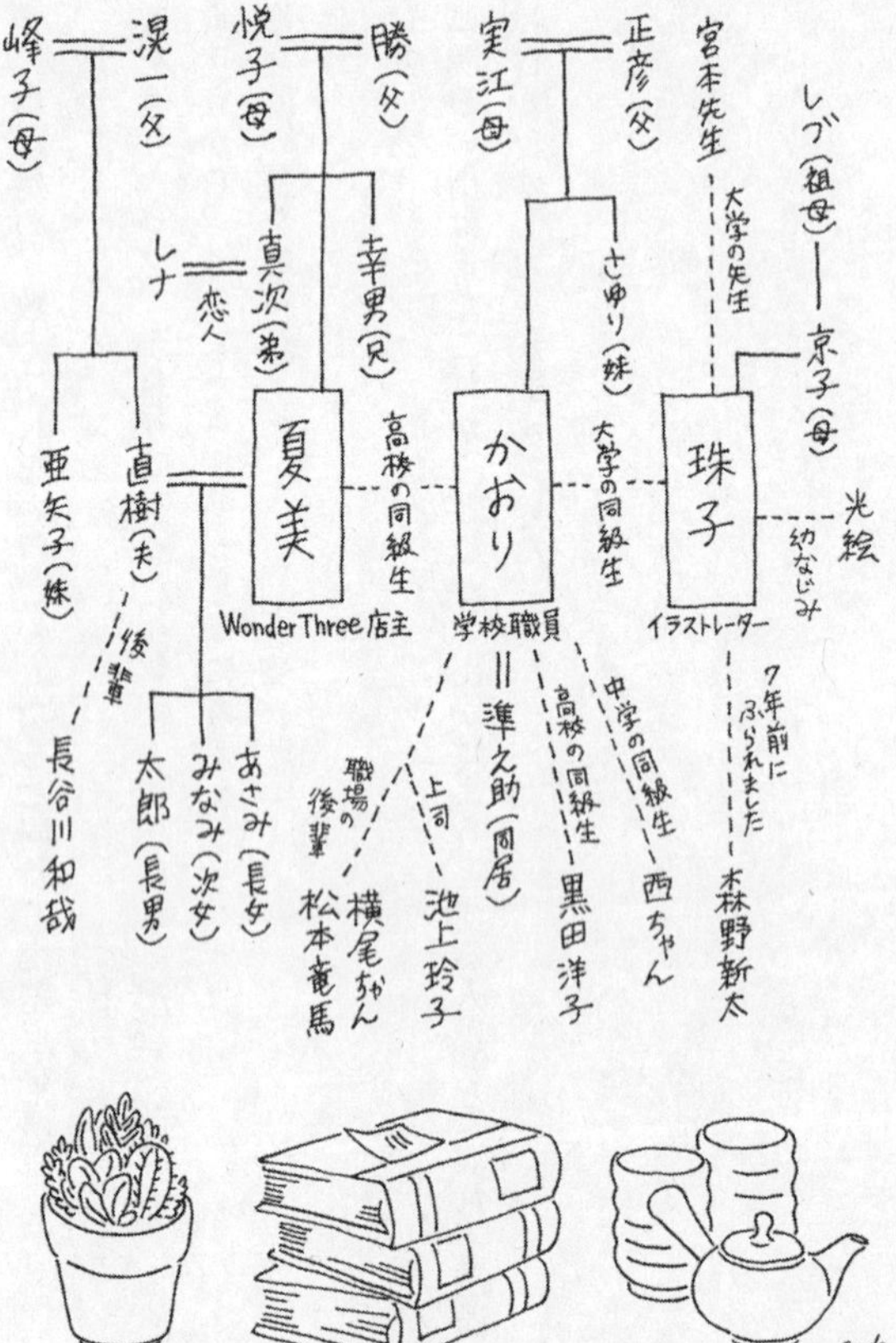

峰子（母）
滉一（父）
悦子（母）
勝（父）
実江（母）
正彦（父）
宮本先生
レブ（祖母）
大学の先生
レナ
恋人
真次（弟）
幸男（兄）
さゆり（妹）
京子（母）
亜矢子（妹）
直樹（夫）
夏美
高校の同級生
かおり
大学の同級生
珠子
光絵
幼なじみ
WonderThree店主
学校職員
イラストレーター
後輩
準之助（同居）
高校の同級生
中学の同級生
7年前にふられました
長谷川和哉
太郎（長男）
みなみ（次女）
あさみ（長女）
職場の後輩
上司
松本竜馬
横尾ちゃん
池上玲子
黒田洋子
西ちゃん
森野新太
Sanda Saki

解説　大人になる／なりつづける、私たちの物語

江南亜美子

ひとはいつ「大人」になるのだろう？

元服の儀式も、お歯黒の習慣も失われてしまった現代において、成人式への参加と、選挙権の付与がそのひとつの契機なのかもしれない。だがたとえ、成人式で晴れ着姿の地元の友達と「久しぶりー」と会話を交わしたり、はじめての投票のために近所の学校に出向いたりしたところで、なにかが変わったという確かな実感が得られるとは限らない。昨日と代わり映えしない今日を、そして明日を迎えて、日々は過ぎていく。

そうするうちにひとは、いつの間にか、大人と呼ばれる年齢になっているのだ。そのことに、ある日ふと気づかされる。プロ野球選手のおおよそが年下で占められていることで。町で見かける幼稚園や小学校の先生たちが、自分より明らかに溌剌としているいることで。あるいは駆けこんだ交番でスマートに応対してくれた警官が、随分と年若いことで。

このとき頭に浮かぶのは、素朴な感慨だ。「私はいつ大人になったんだっけ」。そしてこうも考えるかもしれない。「こんな大人でいいのかな。大人って、案外心もとないものなんだな」と。

本書『虹色と幸運』には、そうした「成熟の自覚」をめぐる、複雑で個別的な感情があざやかに描かれている。三〇歳という、若くはないが老いてもおらず、子育てに没頭するひとがいる一方、出産・育児のリミットをにらみつつ自己実現に邁進するひとも多い年齢を迎えた女性たちの姿が、とてもリアルに映し出されていくのだ。

イラストレーターで独身の珠子、主婦で三児の母である夏美、大学の事務員で年下の彼と同棲中のかおりは、学生時代から疎になり密になりながら付き合いを続けてきた。三月のある日、彼女らは夏美が切り盛りする雑貨店で久々の再会を果たす。ライフスタイルや趣味の違いは、その服装に如実に表れていて、珠子は黄緑のパンツに虹色のスカーフという個性的な組み合わせ、かおりは仕立ての良いコンサバなトレンチコート、そしてナチュラル志向の雑貨店店主である夏美は、店の雰囲気とよくあう生成りのワンピースとニットの重ね着だ。

見かけも、キャリアもばらばらの三人だが、根っこの部分ではよく似ている。みな、視界良好とはいえない毎日を、さぐりさぐり不器用に歩んでいる、小心者で堅実な人間である点だ。

物語では、三月の再会からのちの一年間の移ろいが時間軸に沿って順に描かれる。大きな出来事など、なにも起こらないといえば起こらない。しかし、まっとうに社会生活を送る上で避けては通れないあれやこれや——職場での人間関係、家族の成長や病気、成就しなかった恋の後始末など——が、彼女たちの日常に彩りを添えたり、影を落としたりするのである。

こうした個々の人物の心情に丹念に分け入り、微細に描き出すために、本作では、ひとつの方法が採用される。珠子、かおり、夏美の三人のみならず、家族や友人たちも含むあらゆる登場人物の内面に入りこむことのできる、三人称の多元的な視点が設定されるのだ。本来、三人称小説とは、物語世界の外部にいる、すべての人物や起きた出来事を把握する「全知の語り手」が出来事を語っていくというスタイルを指すが、一読すればわかるように、本作はそれともちょっと違う。

俯瞰する「全知の語り手」の気配は希薄で、ただカメラのスイッチャーだけがいるかのようとでもいえばいいだろうか。それぞれの登場人物を映すカメラが、パッパッと切り替わるうちに、人物たちの内面や見た景色が積み上がって、物語が進んでいくのだ。

しかもカメラのスイッチングは頻繁に行われる。たとえば〈原田さんがサワダとつき合っているというのはどこからか聞いていたがほんとうだったのだ、とかおりは思った。何も知らなかった珠子は驚きの声を上げたが、特に意外というわけではなかった〉（六八頁）というくだりでは、ひとつ前の文の俯瞰の視点につづいて、ワンセンテンスごとにかおりから珠子と移動すると考えることができる。

ふつうこの頻度となれば、読者は書き手の操作性をうるさく思う。だが本作の視点移動は、それを感じさせないほどのなめらかさで、シームレスに人から人へと移り、浮遊感と密着感を自在にあやつっていく。魔術的な高速スイッチングとでも呼びたいこの手法が、もっとも見事に使われるシーンは先の引用のすこし前にある。疎遠だった大学の同級生の個展を訪れたときのことだ。

〈ああ、この感じ！　と珠子とかおりはほとんど同時に思った。青木茉莉香って、こういう子だった。人脈を自慢するときに出る取りつくろった敬語、なつかしいー、と珠子はかおりに言いたくてうずうずしたが、かおりもだいたい同じことを考えていた〉（六五頁）

学生時代という共有する過去の記憶がもたらした、感情のシンクロする瞬間——。

現実世界では、私たちは他人がいまなにを考えているか見透かすことはできないが、本作ではこの語りの効果によって、他者の相容れなさと奇跡の一瞬の同一性の、その両方を知れるのだ。

そもそも柴崎友香という作家は、あるひとりの人物（＝わたし）が世界をどう認識しているかを言葉で構築する、一人称小説の巧みさに定評がある。近年はその方法論がより推し進められ、一人称視点があえてほつれたり、別視点に逸脱したりする作品が書かれもするのだが、三人称の多元小説はごくめずらしい。本書では、この視点でしか描かれようのない物語世界の広がりを、じっくりと味わっていたい。

話の中身に戻れば、彼女たちを取り巻く環境は、一年を通じておおよそ平穏といえる。しかしそのなかでどこか不穏な気配をはらむのは、母親との関係性である。現実主義者に見えるかおりは、夢見がちな年下の彼氏の存在を親にうちあけることがどうしてもできない。珠子は自身の恋愛の失敗や消極的な性格を、母親との共依存的な関係のせいだと考えている。

もちろん彼女たちは、かつて社会的に共有されてきた「すべての女性は結婚して母親たれ」といった、女性の幸福のロールモデルなどとっくに失効したことを自覚している。かおりも珠子も、自身の能力を生かす職に就いていて、パートナーの経済的支援も必要としない。それでも彼女たちは、抑圧を感じているようなのだ。三〇歳という年齢、そして（同居していようといまいと）母親によるある種の呪縛が、そのプレッシャーの源にあるらしい。

かおりは、妊娠した職場の後輩にこう言う。

〈「わたし、結婚とか子ども産むとか、ちゃんとした大人になってからするもんだと思ってたのね」（中略）「いつかちゃんとした大人になったら、って自分が思ってたいつかはずっと来ないって言えばいいのかな、いつかちゃんとしたらとか考えてたら、なんにもできないのかもしれない」〉（二六八—二七〇頁）

自分は大人に、ひいては母になれるのだろうか——。女三代での同居生活のなかで珠子がぶつかるのも、こんな問いだ。娘という「子供」の身分から脱し、母親との関係を見つめ直すことで、真の大人としての自覚を得ようとするプロセスが描かれるという意味で、本書は今日的なビルドゥングス・ロマン（＝成長小説）の側面を持っている。

かおりは最後に、恋人へほがらかにこう語りかける。〈「わたしも迷うから、そうしたら、いっしょに考えよう」〉（三〇九頁）

おそらくみんな迷いながら、大人になっていく。ある日を境とするのではなく、大人になりつづける日々を送るのだ。珠子も、夏美も、かおりもそうであるように、これを読む私たちもまた。三人称多元の語りは、私たちにあたたかな「共闘」の感覚をもたらす。自分ももう少しもがきながら、虹の架かる明るいほうへと進んでいきたい――。本書の放つエールは、たしかに心の深部まで届いてくる。

本書の単行本は二〇一一年七月、小社より刊行されました。

ちくま文庫

虹色《にじいろ》と幸運《こううん》

二〇一五年四月十日　第一刷発行

著者　柴崎友香（しばさき・ともか）
発行者　熊沢敏之
発行所　株式会社　筑摩書房
東京都台東区蔵前二―五―三　〒一一一―八七五五
振替〇〇一六〇―八―四一二三
装幀者　安野光雅
印刷所　中央精版印刷株式会社
製本所　中央精版印刷株式会社

乱丁・落丁本の場合は、左記宛にご送付下さい。
送料小社負担でお取り替えいたします。
ご注文・お問い合わせも左記へお願いします。
筑摩書房サービスセンター
埼玉県さいたま市北区櫛引町二―六〇四　〒三三一―八五〇七
電話番号　〇四八―六五一―〇〇五三

ISBN978-4-480-43259-9 C0193